CW01659956

GRANTA

GRANTA

NUMMER 6: SEX

Granta Sverige, Albert Bonniers Förlag, Box 3159, 103 63 Stockholm
www.albertbonniersforlag.se/granta
Twitter/Instagram: GrantaSweden

ISBN 978-91-0-014888-1

TRYCK BALTO print, Litauen 2015

Published under licence with Granta Publications
12 Addison Avenue, London W11 4QR, UK

ENGELSKA GRANTA
Ansvarig utgivare: Sigrid Rausing

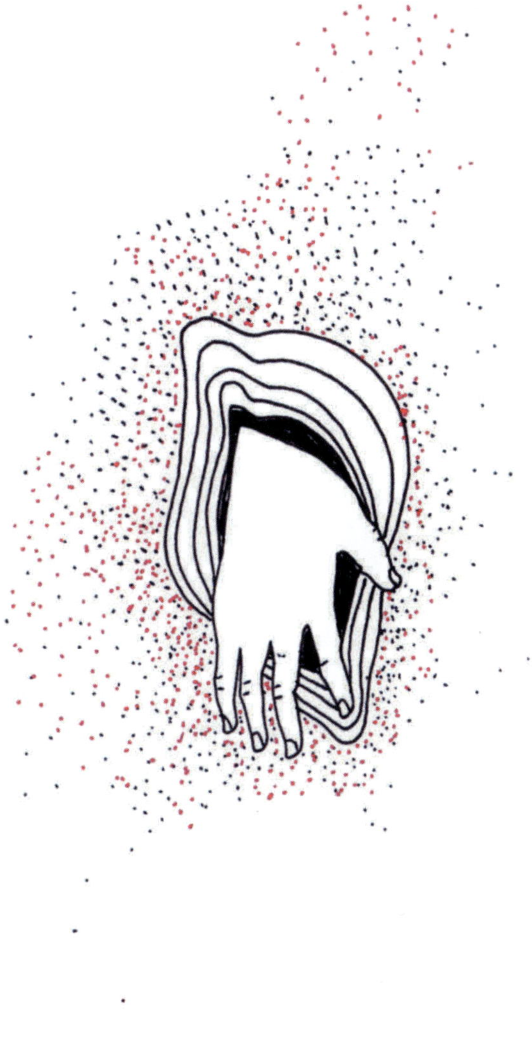

INNEHÅLL

7 **Brandon**
Kristofer Folkhammar

19 **Närhetsimitationer**
Isabelle Ståhl

31 **Ett rent äktenskap**
Sayaka Murata

51 **Den knullade kvinnan**
Karolina Ramqvist

67 **Slampor**
Saskia Vogel

79 **Vad trevligt att få en orkidé**
Henriikka Tavi

85 **Här händer ingenting**
Ottessa Moshfegh

111 **Sexdöd på äldreboende**
Martina Montelius

123 **Våren**
Erika Bernalt

141 **Rousseaus kissekatt**
Marie Darrieussecq

149 **Det oskrivbara**
Mark Doty

165 **Vi är här för att älska**
Stefan Lindberg

189 **Allt jag vet om Gertrude Stein**
Jeanette Winterson

203 **Medverkande**

GRANTA

BRANDON

Kristofer Folkhammar

»It's more interesting to discover the sex [...] than it is to have it thrown at you.«

ALFRED HITCHCOCK

JAG KÄNNER IGEN DEN. Jag känner igen känslan. Jag tror att de pratar om oss. Jag hör hur de viskar. Jag sträcker på mig. Jag kommer att stamma när jag pratar. Rupert kommer att lägga märka till det. Bli frågvis. Jag försöker tänka på annat, distrahera mig själv. Jag klarar det inte. Jag skakar och skakar med glaset i handen. Jag kramar det. Jag vill ha grepp om något. Eller är det mina händer som inte lyder. Jag håller hårdare om glaset. Håller och håller tills det krossas i handen så att skärvorna skär genom huden. Det berättar något om mig. Det visar hur jag skadar mig själv när jag håller för hårt i saker. Jag lägger det blodiga splittret på brickan med drinkglas. Kraset hördes i hela lägenheten. Nu vänds alla festens blickar mot mig. Ruperts också. Brandons också. De ser hur jag skakar. De andra gästerna fortsätter viska. Jag känner igen känslan. Jag tror att de vet vad vi gjort.

*

Jag önskar att jag kunde backa tiden och byta. Involvera mig i vilket som helst av Brandons andra påhitt: sammanföra personer som verkligen inte vill träffa varandra, medvetet försäga sig för att såra folk, bjuda människor på kött från djur som de älskar.

*

Det var Brandons idé och jag vill vara med Brandon. En av Brandons alla idéer och just den här kunde jag inte smita ifrån. Kunde inte. Ville inte. Jag brukar dra mig undan när Brandon får idéer. Lägenheten vi delar sedan vi slutade plugget är stor nog för att man ska kunna vara för sig själv emellanåt. Jag brukar sätta mig vid pianot. Brandon står i hallen med telefonen mot örat och jag sitter i vardagsrummet och spelar. Den Brandon ringer kan ana mina klara toner i bakgrunden medan Brandons förrädiska ränker rusar ut i världen. Jag hör inte vad han säger. Bara att han pratar och på vilket sätt. Jag är med Brandon utan att behöva kännas vid hans påhitt. Ibland har jag fönstret öppet så att ljuden från gatan tar sig in. Jag komponerar. Sätter samman bruset från biltrafiken och vinden. Mina pianofingrar som klinkar, Brandons inställsamma röst i hallen. Han har ett sätt att övertyga på som skrämmer mig. Och lockar mig. Jag har alltid varit rädd för det draget hos honom. Alltid varit rädd för hans charm och vad han kan få folk att tro med den. Men den här gången talade han till mig. Tog tag i mig.

⋆

Vardagsrummet är fullt av gäster. Nästan alla vi känner. Min slips är knuten runt skjortkragen. Maten är framme och folk ler mot varandra. Några gäster står och tittar ut genom fönstret, spekulerar kring hur långt det går att se. Gästerna är välklädda i blått, grönt och vitt. De sticker upp som vårblommor ur den mörka heltäckningsmattan. Det är en på flera vis mycket lyckad fest, men Brandon gör mig nervös. Det känns som att allt han säger är hintar till Rupert om vad vi gjort. För Brandon var det en sorts hyllning till honom, till vår gamla magister Rupert. Till hans idéer. Det var så Brandon motiverade det när han sträckte sig mot mig med något helt nytt i blicken. Idéerna om att vi kunde vara bättre än andra, helt speciella. Att vi var sådana som kunde ha stil. Ställa oss över andra.

⋆

Brandon tog tag i mig. Han höll om mig innan gästerna kom hit. Bara några timmar före festen. Jag stelnade i hans grepp. Eller om jag blev alldeles mjuk. Vi stod mot varandra med uppdragna axlar i det av dagsljus upplysta vardagsrummet. Hans andedräkt var varm. Han tände en eld inuti mig. Jag älskade hur hans händer höll om mig. Elektriska krokar skrapade i mitt bröst. Han talade om enastående varelser. Att göra sig överlägsen, som ett aktivt val. Att inte hemfalla åt givna ordningar. Jag älskade hur han såg på mig och hur han pratade med mig om sina övertygelser, om vad Rupert brukade säga under lektionerna i plugget. Att han tänkt på vad Rupert sagt. Det var något om suveränitet. Att inte lyda under någon främmande makt utan själv utgöra makten. Det var något om frihet. Att utan begränsningar utveckla sin egen vilja. Det var något om övermänniskor. Att bemästra sitt eget öde. Det var något grekiskt. Han kysste mig.

⋆

Det skymmer utanför fönstren. Utanför de röda tegelstenarna som skiljer oss och vårt vardagsrum i mossgrönt och ljusbeige från staden. Som skiljer den hårda staden från ljuset och värmen. Jag vill vara med Brandon. Höra honom säga: Philip, Philip. Käre Phil. Jag vill vara med Brandon. Intill Brandon, i honom. Vara i hans raffinerade gester. Hans flammande uttryck. Vi vill vara tillsammans. Vi vill vara fria. Vi vill vara perfekta. Vi är amatörer. Vi är bättre än dem, men jag bryr mig för mycket om vad de säger. Jag vill vara med Brandon. Rymma med honom från staden, Rupert, den här lägenheten.

⋆

Märkligt hur det händer, att den vansinnigaste idén blir den man svårast kommer undan. Han tände en eld inuti mig. Brandon är van vid att styra och ställa. Han är van vid att utföra saker som han inte gjort tidigare. Det var ingen konst för honom att locka mig. Ingen konst för honom att få mig lugn, blöt, öppen. Jag var förvånad över hur våta han kunde göra sina fingrar. Hur våta de blev bara av att han kort sög på dem och spottade i sin handflata. Hur enkelt de pressades in i mig. Hade någon talat om för honom hur han skulle göra? Rupert talade aldrig om erotik. Han lever ensam och har levt ensam i alla år. Jag tänker att han har ställt sig över begäret efter erotik. Jag tänker att han tycker att det köttsliga stjäl uppmärksamhet från det andliga. Erotik förutsätter att man tappar kontrollen och det gör inte Rupert. Hans blick är så vaken. Nu sitter han i ena hörnet i soffgruppen i vardagsrummet. Ett par gäster plockar åt sig av buffén. Han betraktar mig. Han betraktar Brandon. Han avvaktar, som om han laddar inför något. Som om han när som helst kommer att skjuta skarpt.

*

Gästerna sitter med drinkar och tilltugg från buffén. Ljuset från lampan i taket är starkt. Jag ser på Brandons ansikte när han talar, hur det är vänt *från* Rupert. Men jag ser hur han sneglar åt Ruperts håll för att försäkra sig om att han tittar på honom. Brandon har drömt om det här scenariot länge. Han berättar om djur han dödat. Den blodiga historien kontrasterar mot hans välstrukna skjorta. Kontrasten förstärks ytterligare av att han sitter så stilla med så rak rygg när han berättar om något så våldsamt. Rupert sitter lätt ihopsjunken med brett mellan benen. Brandon har drömt om det här scenariot sedan vi gick i plugget, då Ruperts ansikte var vänt *från* honom. Jag minns Brandons kroppshållning som lika stel när han lyssnade på Rupert som nu när Rupert lyssnar på honom. När vi gick i plugget hände det att Ruperts lektioner fortsatte på caféet precis utanför campusområdet. Hans tal om att hitta kraft i lagar som man skapar åt sig själv fick Brandon att älska honom. Brandon började älska Rupert för att han i honom såg en auktoritet. Och i den auktoriteten en sanning. Och i den sanningen ett ställe där han kunde få plats för sin längtan efter storhet utan att känna skam. Och att han i kraft av denna storhet kunde få plats för alla sina önskningar, till och med de önskningar han skämdes för allra mest. Nu är det som om han vill bli avslöjad. Det känns som att allt Brandon säger är antydningar till Rupert om vad vi gjort. Han pratar högt inför alla gäster om olika smådjur han dödat eller sett dö eller som borde dö, för att utmana gränsen för vad som är anständigt. Kycklingar och höns. Gnagare och hundar. Brandon förvandlar en sommar på en bondgård till en årstid späckad av terror. Jag kan se honom framför mig. Alldeles stilla i ett gult fält med feta grödor. Gästerna ojar sig. Nej men fy, säger de när Brandon berättar. Alla utom Rupert. Hans stillhet framträder tydligare när alla andra visar sin avsky. Rupert är fortsatt avvaktande. Allt mer koncentrerad.

⋆

Glaset skar genom huden. Min skadade hand lindades med bandage. Min skadade hand ger prov på hur jag inte är mogen för vad jag har tagit mig för. I den mån jag försöker handla kommer jag att misslyckas. Jag vet att de viskar. Känner igen känslan. Jag tror att de vet vad vi gjort.

⋆

Vi älskade precis innan de kom. Mitt på vardagsrumsgolvet. Han kysste mig och drog för gardinerna. Vi har förflyttat oss genom de här rummen, vårt gemensamma hem sedan vi slutade plugget, så många gånger. Så många gånger utan att röra vid varandra. Vi älskade. Det gick så lätt. Som om Brandon verkligen visste hur man gjorde. Han höll fast mig. Kom in i mig. Kysste mig medan han sakta började röra sig inuti mig. Med samma grepp som han höll fast mina armar stödde han sig. Kom in och ut ur mig. Jag hade aldrig kunnat föreställa mig den dubbla känsla av utplåning och upphöjning som Brandons kropp ovanpå mig och inuti mig innebar. Jag hade aldrig kunnat föreställa mig hur det känns att få den uppmärksamheten. Jag förstod inte vad den betydde. Och nu måste jag tillbaka till den för att få veta mer.

⋆

Efteråt låg vi bredvid varandra på golvet och jag fick panik, började gråta. Önskade att Brandon skulle trösta mig samtidigt som jag ville vara ensam med min tömda, matta, tunga kropp. Han la sig på sidan och såg på mig med ansiktsuttrycket han nästan alltid har. Såg på mig med påklistrad ömhet. Eller om det egentligen är överlägsenhet. Eller om det är den enda ömhet han är förmögen att uppbåda och därför en verklig ömhet. Han såg på mig med blicken han nästan alltid har. Den jag aldrig kommer förbi. Den jag alltid kommer avundas och den jag alltid kommer vilja bli sedd av. Han suckade åt mig och sa att det var mörkret som gjorde mig nervös. Mörkret och spriten. Ingen känner sig trygg i mörker. Han reste sig för att dra ifrån gardinerna. Jag ville inte. Jag ville vara kvar i mörkret även om det skrämde mig. Ljuset skrämde mig mer. Det skulle lysa på det vi gjort. Vänta lite, ropade jag efter honom. Han drog snabbt på sig kläderna och gick mot fönstren. Han brydde sig inte om vad jag sa. Drog ifrån gardinerna. Brydde sig inte om att jag inte hunnit få på mig kläderna. Så förargligt, sa han bara, att vi inte kunde göra det med gardinerna fråndragna, i strålande solljus. Han lämnade rummet. Jag vet att Brandon gjort med mig vad han önskar att Rupert gjort med honom. Brandon vill vara överlägsen alla andra. Han vill vara som Rupert.

*

Erotik upphör inte vid klimax. Jag trodde att det skulle sluta då, när den tyngsta flämtningen utstötts och den sista ryckningen mattats av. I själva verket är det vid klimax erotiken börjar. Och fortsätter och fortsätter. Det är då händelsens konvulsioner börjar eka i världen. Det är då omständigheterna blir andra. Relationer förskjuts. Fantasier blir minnen. Kroppsöppningar som tidigare haft en helt instrumentell funktion får plötsligt en glödande betydelse som vibrerar mellan ömhet och förnedring i längtan efter att fyllas på nytt. Man ser inte nödvändigtvis på påklädda kroppar att de älskat, särskilt inte på Brandon, men det finns kvar i rummet. Inte bara en lukt utan som ett tryck eller en vibration. När gästerna kom iakttog jag hur de rörde sig och pratade i den spänning som Brandon och mitt kärleksmöte lämnat efter sig. De lät osäkra, trevande. Rörde sig ryckigt i ljuset från taklampan. Jag hade ännu inte skadat handen och hälsade artigt på samtliga. Det var då jag märkte att jag börjat stamma. Kände igen känslan. Började tro att de förstått vad vi gjort. Det är först i dag vi har gjort något, men flera gånger tidigare har vi fått hånfulla blickar efter oss när vi gått hem tillsammans. Flera gånger har folk försökt hämnas på Brandons skvaller genom menande gliringar. Värst vad tätt ni umgås, har de sagt. Eller: Ni kommer väl tillsammans som vanligt. Jag har alltid blivit illa berörd av de där kommentarerna. Velat prata om dem med Brandon. Velat att han ska trösta mig. Velat att han ska hålla om mig och velat att han ska säga att de där viskningarna inte är något att bry sig om, att de bara hittar på.

*

Gästerna pratar i konstellationer om två, tre personer i soffgruppen. Den syrliga lukten från hans kön stannade kvar på mina fingrar. Nu är fingrarna sönderskurna och inlindade. Jag kan inte längre använda handen som förut. Jag kände det milda stickandet mot min hand när jag höll om hans kortklippta nacke. Jag kände det svaga brännandet mot min rygg från den mörka heltäckningsmattan när Brandon kom in i mig. Skarpt ljus lyste i kanten av de fördragna gardinerna. Oroa dig inte, viskade han, som om han förstod att jag var orolig för att det skulle vara smutsigt. Hans säkerhet, hans sätt att köra över mig, fick mig att känna mig trygg. Då och då flyttade han sina händer, från mina handleder till mina axlar, från min vinklade överarm till mitt bröst, för att kunna stödja sig på ett nytt sätt och komma djupare in i mig. Håll upp benen, viskade han.

*

Det sista vi gjorde innan gästerna kom var att flytta bordet. Det var Brandons idé och jag vill vara med Brandon. Vore det inte underbart, sa han, om vi ställde fram maten precis här. Han gjorde en svepande gest över stället på golvet där vi älskat. Jag hade precis fått på mig kläderna. Jag blev alldeles kall. Den mörka heltäckningsmattan såg ut att kunna berätta allt. Det är genialt, sa Brandon. Du går för långt, sa jag. Vadå, sa Brandon, jag tänkte bara att det skulle vara trevligt att servera buffén precis här. Skynda på, vi har ont om tid. Vi får hjälpas åt med att flytta bordet och duka om. Du blir så lätt nervös, Philip. Det blev som Brandon ville. Förstås. Och nu har gästerna gått här och plockat åt sig tilltugg, satt sig i soffan med små tallrikar. De ser sig omkring. De måste förstå vad vi gjort. Om jag bara fick vara ensam med Brandon. Om de bara kunde gå härifrån.

⋆

Det är Rupert Brandon sneglar på genom rummet, inte mig. Det sårar mig. Särskilt efter vad vi gjort. Jag kan inte jämföra mig med Rupert. Hans bildning och karisma, hans självklara och ändå omsorgsfulla sätt att ta sig fram i världen. Han lever som om inget tvingar honom till beröring eller motstånd. Han har tillträde till allt. Han har möjlighet att vara hur rättrådig som helst. Han hjälpte mig att linda handen. Han stod böjd över handen och såg upp på mig: såret berättade något för honom. Jag satte mig vid pianot, lättad över att darrhäntheten försvann in i ett stycke jag kan utantill och som jag spelat hundra gånger. När jag tittade upp såg jag att Rupert fixerade mig med blicken. Jag tittade ner. När jag tittade upp igen var hans blick kvar. Jag tittade ner. Bandaget snuddade vid tangenterna, smög in en mjuk störning, ett chippande ljud mellan de klara tonerna. Jag satt vid pianot. Jag ville stanna där, vid det jag kan utantill. Vid det jag kan upprepa. Pianot berättar om hur bräckligt mitt kontrollerade sätt är. Hur sköra gränserna för mitt eleganta sätt är. När jag slinter på en tangent, när jag spelar för snabbt eller för långsamt, hörs min nervositet i pianospelet. Om jag kunde backa tiden och involvera mig i vilket som helst av Brandons andra påhitt, undrar jag om det skulle gå att höra på mitt pianospel att jag älskar honom.

⋆

Brandon har rest sig från soffan och rör sig ledigt mellan vardagsrummets olika delar. Småpratar nu med festens skilda grupperingar i stället för att försöka hålla hov. Hans ständigt högfärdiga tonfall fortsätter att oroa mig. Om de döda djuren, om allt möjligt annat, skvaller. Han rör sig som om han hade koll på läget. Som om han hade koll på vad som pågick inuti mig, inuti Rupert, inuti alla andra. Brandon noterar Ruperts granskande blick, men han förstår inte att han kommer att skjuta skarpt.

★

Det är som om Brandon lämnar spår i den mörka heltäckningsmattan efter sig. Ett syrligt spår av kön och hårvax. Jag önskar att han kunde sluta med det och ta med mig bort. Jag drar in luft så djupt jag kan för att känna lukten av honom igen.

★

Gästerna ska gå. De lämnar vardagsrummet och sina tallrikar på bordet. De trängs i hallen, tar på sig fel hattar. De skrattar och får byta. Jag andas ut när de äntligen har gått. Jag ser på Brandon. Han möter min blick. Min hand värker och jag klämmer försiktigt med den oskadda handen runt bandaget. Vi ser på varandra. Brandon är precis på väg att säga något och jag hinner tro att han ska säga mitt namn. Då knackar det på dörren. Jag blir alldeles kall. Jag förstår omedelbart att det är Rupert som kommit tillbaka. Som tänker konfrontera oss. Som förstår vad vi gjort.

★

Jag känner igen känslan, fast händelsen är alldeles ny. På håll hörs sirener. Rupert är oss överlägsen. Han förstår precis vad vi gjort. Min bandagerade hand får mig att se hjälplös ut. Att värken i den blir värre betyder att det jag inte klarar av att hantera är på väg att få stora konsekvenser. Det får mig att stamma ännu värre. Handen är oförmögen att utföra något som skulle kunna hjälpa oss nu. Som att vifta och bortförklara. Som att peka ut en oväntad flyktväg. Rupert vet vad vi gjort. Hans röst är skarp och lämnar ekon efter sig. Han står mitt i rummet, precis intill bordet. I det starka ljuset från lampan i taket ser det ut som om hans kläder har tuschmålade konturer. Han säger att vi medvetet missförstått allt han försökt att lära oss. Han säger att världen alltid varit obegriplig för honom, att han försökt stävja den med logik och ett överlägset intellekt. Han säger att vi kastar hans ord tillbaka i ansiktet på honom. Han säger att vi förvridit hans ord till en vidrig ursäkt för att göra vad vi gjort. Han säger att det måste finnas något djupt inuti oss som gör att vi gjort som vi gjort. Han säger att det finns något djupt inuti honom som gör att han aldrig skulle göra som vi gjort. Rupert går fram till fönstret och öppnar det. Han fyrar av tre skarpa skott ut i den sena kvällen. Ovanför den hårda staden. För att påkalla uppmärksamhet, för att alla ska få veta vad vi gjort. Rupert går tillbaka och ställer sig bredvid bordet. Ställer sig och sträcker ut armarna långt från kroppen. Formar en omfamning i luften samtidigt som han ser på Brandon. Du höll honom på det här sättet, säger Rupert. Sedan böjer han sig ner mot golvet, med armarna fortsatt utsträckta. Sedan lade du ner honom på golvet precis här, fortsätter han. Han tar ett par steg över den mörka heltäckningsmattan, flyttar sig runt det utrymme hans omfamning i luften upptagit. Formar sina händer till ett klot som han trycker mot golvet. Du höll hans armar ovanför hans huvud för att han skulle slappna av, fortsätter han. Samtidigt ville du få bort hans armar från hans kropp. Komma åt honom. Han reser sig. Jag skakar och skakar. Jag älskar Brandon och han rör inte en min. Jag älskar Brandon och hans blick är fixerad vid Rupert. ■

GRANTA

NÄRHETS-IMITATIONER

Isabelle Ståhl

Ung entreprenör, målmedveten och viljestark. Vasastan. 185 cm. Cykling. Civilingenjör. Skidåkning. Tänker positivt. Raw food. Jag ser det positiva. Vi har säkert mycket att prata om. Världsförbättrare.

Appen Tinder visar mig människor i närområdet som jag har möjlighet att »gilla« genom en rörelse till höger på skärmen. Människorna presenteras med en bild och en rad text. »Gillar« jag någon och den »gillar« mig tillbaka »matchas« vi och får möjlighet att chatta.

I början hävdar jag att Tinder bara är ännu ett symtom på allt som är vidrigt med samtiden. I en tid då alla livets områden omvandlas till varor önskar jag att mänskliga relationer ska få vara något annat, ett namnlöst rum där man inte resonerar i nytta, efterfrågan, marknad och betalning. En väg ut ur samhället. Jag håller högstämda utläggningar om de degenererade moderna relationernas ytlighet och förklarar varför Tinder är ett utslag av den nyliberala jagmodernitetens blinda jakt på upplevelser och synen på förälskelser som en drog att ta i ensamhet. Löften om valfrihet har lurat oss att tro att allting i livet går att välja och sälja. Jag vill inte vara en del av det där, jag kan vara utan det, det är inte för mig.

Sedan tar vikariatet slut och det blir höst i Stockholm. Eftermiddagarnas smutsiga, bleka ljus gör mig sjuk.

Det skymmer och löparkropparna rör sig snabbt över gatorna med blicken i telefonskärmen, de kliver över tiggarnas muggar och försvinner in i de låsta husen. Reklamtavlornas kalla sken strålar ut i den mörka dimman vid Stureplan, de smala kropparna rör sig i slow motion.

Det är något som fattas, något jag glömt eller tappat, en väska som hängde på min axel, något jag satt fast i. Galleriornas varma ljus och den söta, kemiska doften från Wayne's coffee lockar mig att stanna. Så skönt att få försvinna och slippa delta i någonting, kliva ut ur stan och in i de dödslösa rummen där det strålar av ljus och man möts av leenden. Det mörknar.

Jag slår på GPS:en och Tindersymbolen materialiserar sig på skärmen.

Ekonom. Träning och ett glas gott rödvin tillsammans med goda vänner. Skidåkning. Jag lär mig. 179 cm. Reser gärna till sol och värme men gillar skidåkning lika mycket. Addicted to fun and new experiences. Jag tror på kärleken. Skidåkning. Öppen. Humor. Romantisk med fötterna på jorden. Gillar leenden. Like simple things, like cuddling in front of a fire. Antirasist.

Några timmar senare tar jag hissen till baren på tjugotredje våningen i Skrapan och beställer ett glas rött. Loungemusik strömmar genom den torra luften. Några amerikanska turister sitter och tar selfies. Vinet börjar ta. Berusningen sveper in som en varm dimma över stan. Den glittrar i mörkret. Det är som bäst innan allt börjar, innan han kommer in och språket för oss bort från varandra, lägger sig mellan oss som ett tjockt brus.

Jag vill alltid vara här, i en ny bar en tidig kväll, med en ny kjol från H&M som inte blivit noppig än, en svag doft av blommor och ceder, hungern värkande i kroppen, tom och ren, alkoholens första morgonljus genom nervsystemet, jag vill alltid vara i den första berusningens sömndruckna, omtumlande värme. Jag vill aldrig träffa någon mer än kanske fem gånger. Det får inte finnas någon historia. När jag är med någon för länge blir jag hela tiden påmind om att jag existerar. Jag vill inte göra några avtryck. Jag vill inte ha någonting som tyder på att jag har en början och ett slut. Ingen navel, inga minnen, ingen som kan förankra mig i tiden, mäta mina timmar, se mig vakna och somna, påminna mig om att jag har ett födelsedatum.

Personen från Tinder kliver in i lokalen. Han ser normal ut, generisk. Jag har inte pratat med någon muntligt på två dagar, all interaktion med omvärlden har skötts digitalt i Google Chrome och Messenger och min röst låter som någon annans. Samtalet är trevligt men opersonligt: vi pratar om arbete, fritid, upplevelser. Det är jobbigt att sitta upp, jag har ont i ryggen, jag vill ligga ner eller upplösas i musiken i ett svalt underjordiskt rum där det är så mörkt att man inte kan se varandra i ögonen. Varför måste det kännas som en arbetsintervju så fort man träffar människor? Jag vill bara ha dem i bakgrunden, några som pratar i rummet bredvid när man somnar, ljud man känner igen.

Vi är kvar på tjugotredje våningen i flera timmar och pratar. Han frågar mycket om mig men säger lite om sig själv. Han pratar om att åka till sitt hus på Gotland i morgon och skriva. Han fingrar på sin smartphone, har säkert GPS:en påslagen för att vara upptäckbar även i kväll.

Han säger att han är trött och frågar om jag vill följa med honom hem.

I hans lägenhet ser det ut som hos alla jag känner: femtiotalsmöbler, vita väggar som är tomma utöver en plansch från Fotografiska. En utbytbar situation. Han öppnar en vinflaska och sätter sig i en fåtölj och börjar prata om hur dålig all kulturjournalistik är nu för tiden.

Snart blir han äntligen sömnig och börjar prata otydligare. Språket faller sönder och vi domnar sakta bort i det varma mörkret. Det som varit fel med hans ansikte mjuknar och försvinner. Det är som i musiken, ett mörkt vatten som berövar kroppen dess tyngd.

När vi vaknar är det förmiddag och ljuset faller över våra nyktra kroppar.

Han följer mig till tunnelbanan. Det är en varm, blåsig dag. Vid Skanstull säger vi hejdå och skakar hand.

Jag promenerar hem över Skansbron, följer rälsen söderut, lägger upp en bild av mig själv och utsikten på Instagram och aktiverar mobilens GPS.

Jag tänker att det liknar närhet väldigt mycket, men att det är något annat. Det är en imitation.

Jag lär mig att tycka om den kemiska smaken.

En sen natt i oktober sätter jag mig i en taxi efter en Tinderchatt.

Jag ger chauffören adressen och han slår på sin GPS. Den elektroniska kartan materialiserar sig i mörkret. Allt vi behöver är koordinater.

Jag drar in doften av bensin, höst och elektrisk ström och ser Hammarbyverkens kalla neonljus flimra förbi i det dimmiga mörkret under bron. Kentlåten »FF« spelas på radion, det känns som om jag har tagit någonting, *tellement loin de ce monde,* så långt från den här världen. Musiken är så stark, det är föraningen om ett annat liv, en hemlig väg ut ur tillvaron.

Bilen rullar in i ett främmande kvarter.

I dag anses det ofta mindre intimt och personligt att vara ute efter sex än att vilja prata med någon. Tinder bygger på en teknologi som kommer som ett direkt svar på människors rädsla för att verka angelägna, och deras längtan efter någon som får dem att känna sig mindre som maskiner.

Jag tänker på *the uncanny valley*, den kusliga dalen, mellanläget i vilket människor har svårt att avgöra huruvida en människoliknande robot är människa eller maskin. Ju mer människolika robotarna blir desto större obehag väcker de; vi känner igen oss i robotarna, men ser samtidigt att de är radikalt annorlunda oss. Roboten beter sig levande och mänskligt, men är konstgjord och själlös. På tyskan finns ett besläktat begrepp, psykoanalytikern Sigmund Freuds *das Unheimliche*, obehagskänslan som uppstår när något främmande och kusligt framträder mitt i det allra mest bekanta: när det känns som om man har gått vilse i sitt eget hem, eller när man känner sig hemma i något som är otrevligt, fördolt och främmande.

Personen jag träffar på Tinder beter sig som någon jag litar på och känner igen, som om vi hade en plats i varandras liv och skulle finnas där även i morgon. Vi vet båda att det är en härmning, en imitation. Vi vet att vi befinner oss i den kusliga dalen.

Jag kommer alltid tillbaka till den kusliga dalen. Kanske för att jag alltid har känt mig hemma i det främmande.

På 1850-talet beskriver Charles Baudelaire sina känslor för en kvinna som passerar honom i »gatans gälla buller och människobrand«; hon har »ben som en skulptur« och »en ljuvhet som förstenar«. De tittar på varandra, men ingenting sker och sedan är hon försvunnen. Han frågar sig om han någonsin kommer att få se henne igen, hon som han vet att han skulle ha älskat. Dikten »Till en förbipasserande« hade inte kunnat skrivas femtio år tidigare, den förmedlar ett vemod som bara är möjligt i citymodernitetens utbytbarhet. Diktjaget vet att det första mötet också är ett farväl: han ser »ett blixtsken … Så dödsmörkt!«.

Baudelaire är fortfarande aktuell. I storstäderna är avståndet ljusår mellan den egna kroppen och andra. Det är något med avgrunden mellan trängseln i tunnelbanan och enrumslägenheten som gör en lite sjuk. Tinder minskar det avståndet och ger en illusion om tillgänglighet. Rätt algoritm kan hitta vem som helst. Det finns alltid något bättre någonstans i strömmen av data. Precis som appar som säljer retromöbler, sista minuten-resor och bostadsrätter lindrar Tinder ledan med en oupphörlig ström av bilder på objekt som skulle kunna göra livet lite mer likt någon annans, någon mer intressant.

Livsnjutare. Happy and open minded. Halvdjup. Jag är en överlevare. Helt ointresserad av att träffa någon som festar mycket/regelbundet. Väldigt positiv. Träning läker allt. Socialist. Södermalm. Väldigt aktiv friluftsmänniska. Resor. 195 cm. Vegan. Njuter av livet. Laughing and smiling to everything. Pilot.

En eftermiddag i november står jag på Hötorgets tunnelbaneperrong och får syn på någon. Han har trenchcoat, mörkt hår och mjölkblek hud, intelligenta blå ögon, ser svårmodig ut, har säkert intressanta produktiva depressioner och skriver förmodligen fantastiskt, men är nog ingen självupptagen konstnärstyp, ser empatisk ut, är säkert läxhjälp i förorten på kvällarna och engagerad i något långt till vänster. Han ser anemisk ut, har nog något slags ätstörning.

När tunnelbanetåget kommer sätter jag mig på sätet mittemot honom och betraktar hans spegelbild i den regnprickiga fönsterrutan.

Vi kunde åka till hans lantställe på helgerna och skriva. Han har säkert ärvt ett ställe i skärgården av föräldrar med pengar han skäms för, en villa med plankgolv och höga tak och kastanjeträd i trädgården. Han ser ut att vara ungefär tio år äldre än jag, han skulle dö före mig så jag skulle vara ensam de sista femton åren ungefär men det skulle vara okej.

Tåget saktar in i Hammarbyhöjden. Han reser sig för att kliva av och våra blickar möts. En sekund, två, tre. Doften av cederträ. Blicken bränner fast i näthinnan som sol.

Jag tänker på honom i flera dagar innan minnet bleknar.

Några veckor senare går en elektrisk stöt genom skelettet när jag får upp hans ansikte på Tinder. Johan, trettiosju. Ingen text, men det måste inte vara dåligt. Jag sveper honom åt höger och väntar.

Vi matchas; allt är ömsesidigt, jag visste det. Han föreslår att vi ses på Bar Central på lördag.

När lördagen kommer har jag nästan inte ätit någonting sedan sms:et kom. Det är ett särskilt slags rus, förväntningarnas varma töcken, som får en att glömma alla världsliga behov, hungern och ledan. En intensifierad form av existens, en förhöjd känslighet för musik, dofter och färger, en extrem förmåga att föreställa sig saker som ännu inte existerar. Jag tror alltid att det ska bli annorlunda den här gången. När jag träffar någon ny. De febriga sms:en, sömnlösheten, musiken som låter starkare än vanligt, maten som smakar mer.

När vi träffas på Bar Central ser han inte ut som jag minns. Han är kortare och nästan orange av solbränna, det måste ha varit något med ljuset i tunnelbanevagnen som förvrängde. Han beställer in en avsmakningsmeny med olika sorters kött och börjar beskriva sig själv: ekonom, kreativ entreprenör och livsnjutare. Tycker om skidåkning, cykling, fine dining, resor och hemmakvällar. Jag ler sammanbitet. Maten kommer.

»Känner du smaken?« frågar han.

»Det påminner om ladugård.«

»Ja! Jag älskar det. En doft av hö och … gödsel. Saltat lagrat späck, grovmalet och stoppat i svinfjälster. Det är en närproducerad oförädlad lantras.«

»Jag äter helst inte kött.«

»Nähä.«

Jag dricker upp vinet och kommer på en ursäkt, sedan lämnar jag restaurangen och går hem, slår på GPS:en, somnar tidigt.

199 cm. Social och spontan kille som njuter av livets bästa år. Jag är trygg. Skidåkning. Vi lever i nuet du och jag. Smile and the world will smile back. Skidåkning. Vi skriver till varandra och lär känna varandra? Stockholm. Skitouring. Träning. Bry sig om andra. Musik. Träning. Mat. Vin.

Det finns något oemotståndligt med bekvämligheten och transparensen på Tinder. Samtidigt känns det absurt att administrera relationer med teknisk rationalitet. Med tiden drabbas jag av allt mer intensiva känslor av tomhet och vämjelse inför appen. Det finns en idé om att man lär sig något nytt och utvecklas av relationer. Men det jag upplever på Tinder är inte uppbyggligt eller utvecklande. Det är repetitivt och förutsägbart. En rörelse man utför blundandes. De flesta människor är ungefär likadana.

Sällan är jag så samlad och iakttar allting med en så nykter distans som på en Tinderdejt, aldrig känns individualiteten så klistrig. Kanske är det den ultimata jagupplevelsen; den egna kroppens konturer blir aldrig så skarpa som intill en annan. De flesta jag vet hatar Tinder, ändå fortsätter de. De som slutar med Tinder gör det inte för att de kommer till insikt eller mognar, utan för att de hittar någon de vill vara med.

Det finns en modern idé om att man måste komma till insikt och försonas med sig själv och sin ensamhet. Individualiteten ska byggas som en borg mot världen och där inne ska det vara stilla och rofyllt.

Men det finns saker som inte går att ändra på genom insikter och affirmationer.

Mycket i livet väljer man inte själv, det är någon som väljer en, plockar upp en och tar en med sig.

195 cm. Crossfit. Kungsholmen. Gillar öppna intelligenta kvinnor. Kreativ entreprenör. Jag är chef. Jag lagar mat. Jag är lojal. Jag har lekt klart. Äventyr. Cykling. Jag inspirerar. Skidåkning. Livet är för kort för att ha tråkigt. 199 cm. Njuter av livet. 195 cm. Cykling.

Vinet är surt och jolmigt. Baren är skarpt belyst av ett konstgjort ljus som faller över flockar av män med släta ansikten och magra indiekroppar som trängs kring borden. De ser liksom porösa ut, ihåliga, man skulle kunna krossa dem med ett tramp, som duvor. Unga killar fyller mig med obehag och samtidigt avundas jag dem. Skjortorna som stramar över axlarna, de synliga nyckelbenen, de raka höfterna, axlarnas kantighet. De har inga fettdepåer, sväller inte upp, svämmar inte över, luften i deras huvuden är ren och klar. De känner ingen hunger, längtar aldrig efter droger eller socker, de skrattar åt varandras skämt och lutar sig avslappnat mot bardisken.

Jag vill inte vara med någon i min egen ålder som är född samtidigt som jag och säger att han vill bli gammal med mig. Jag vill inte träffa någon som känner sig hemma i den här tiden. Samtiden intresserar mig inte. Det ska bli spännande att träffa någon lite äldre, de har ett lugn och en värdighet som yngre killar saknar. Han är fyrtiofyra, enligt presentationen. Dörren öppnas och han kliver in genom dörren och ser sig om. Han har keps, sneakers, munkjacka i en skrikig färg och i handen en cykelhjälm.

»Tja, hur är läget? Jag älskar dj:en som spelar i kväll. Gillar du house?«

Trots att jag inte lär mig någonting eller utvecklas av Tinder fortsätter jag. Jag scrollar igenom chattar från kvällen före och förundras över mitt intresse för slumpmässiga människors liv, barn, yrken och fritid.

Kanske vill jag bara vara någon annanstans än i mig själv en stund.

Jag ser *Tristan och Isolde* på Operan och hoppas på att få känna någonting. Entusiaster har sagt mig att Wageroperan är så vacker att man blir vansinnig av skönhet.

Fem timmar senare går jag hem, tom och sömnig. Mitt huvud är fyllt av raljanta formuleringar. Framställningen av kärleken som en extatisk jagupplösning framstår för min moderna blick som överdriven, kitschig och parodisk.

Men kanske, tänker jag några dagar senare, är det just däri verkets radikala potential ligger.

Operan handlar om Isolde som förs över havet av riddaren Tristan för att giftas bort med Tristans morbror, men Tristan och Isolde dricker en kärleksdryck och blir våldsamt förälskade i varandra. Det är bara genom att dö och upplösas som individer som Tristan och Isolde kan bli ett för evigt. Bara i döden kan det fruktansvärda ordet *och* som finns mellan de älskandes namn utplånas. I slutscenen omvandlar Isolde metaforiskt Tristans andning till ett översvallande vatten som hon drunknar i.

Richard Wagner sörjde myternas borttynande och religionens förfall. I *Tristan och Isolde* ges den sinnliga kärleken en transcendental innebörd: genom den tillåts människan bli helig utan gudarnas hjälp, hon får överskrida sin individualitet och uppgå i någonting större än det egna jaget. Nu för tiden talar vi i stället om kärleken som ett sätt att »bli hel« och förverkliga sig som individ. Parrelationen är i dag en sällsynt möjlighet för människor att slå rot i världen. Vi är det vi gör, och det vi gör är sällan detsamma som i går. Den självklara förankring i ett sammanhang som kyrkan, byn och arbetet en gång gav oss måste vi i dag skaffa på egen hand. Parrelationen ger ett otidsenligt löfte om en varaktig samhörighet. Därför talar vi numera om kärleken som ett sätt att finna oss själva.

Kärlekens berusande och destruktiva krafter är inte som i *Tristan och Isolde* en befrielse från individualiteten utan ett hot mot den. I en tid då kärleken har blivit ett nyktert identitetsprojekt finns det något utmanande i skildringen av kärleken som ett sönderfall av gränsen mellan jaget och den andre.

Laughing and smiling to everything. Pilot. Jag ser det positiva. Skidåkning. Läkare specialiserad på estetisk plastikkirurgi. Ekonom. Träning och ett glas gott rödvin tillsammans med goda vänner. Skidåkning. Jag lär mig. 179 cm. Addicted to fun and new experiences.

Jag beställer ett glas vitt på Nada. Kvällens dejt är tjugo minuter sen. Jag tänker att det här är idiotiskt, jag borde ha gått och tränat i stället eller läst en bok. Han är ju en vit heterosexuell man, han kommer bara att säga en massa plattityder, prata om sitt jobb, sin tonårstid på nittiotalet, samtidsspaningar, utbytbara idéer om politik och musik. Han kommer att ställa den hopplösa frågan »hur är läget?« och jag kommer att säga »bra« fast jag menar att jag känner mig som en saltstod på stranden till dödens flod.

Tio timmar senare sover han i min säng med ansiktet mot väggen. Jag önskar att vi hade gått hem till honom i stället. Jag skulle vilja gå upp och städa. Jag har varit vaken i en timme och tänkt på hur smutsigt det är i min lägenhet, brödsmulorna i sängen, det starka ljuset som faller in genom de smutsiga fönstren, disken som flyter i vasken, kläder på golvet, en halv tablett på sängbordet. Jag brukar ta bilder av lägenheten och lägga ut på Instagram och få massor av likes. Ett gräddigt, friskt ljus faller in genom fönstret och ytorna är släta och tomma. Där ser den ut som rummen på Ikea, rum som ingen har rört sig i, där inget liv kan uppstå eller dö.

Morgonens första tunnelbanevagn slamrar förbi i dimman utanför fönstret. Han vänder sig om i sömnen och mumlar något. Jag kör in en smutsig tallrik som står bredvid sängen under sängbordet. Rester efter mat på vita tallrikar äcklar mig något outsägligt, det är ofattbart att man kan utsöndra så mycket avfall, jag ska sluta äta. Allt var så rent i går, när vi drack det fjärde glaset, alkoholen är ett fantastiskt lösningsmedel, jag känner mig aldrig så ren som efter tre glas.

Hans mobiltelefon ligger på sängbordet. När jag tänder skärmen ser jag att alarmet ringer om tjugofem minuter. Jag kunde stänga av det, han skulle försova sig och när han vaknade skulle det vara för sent att gå till jobbet, han skulle stanna.

Jag lägger handen över hans ansikte. Jag känner skallbenet avteckna sig under huden och den mjuka vävnaden. En människa. Otroligt. Han med. Det är inte mer. Han ska också dö. Tanken fyller mig med tillförsikt. ■

GRANTA

ETT RENT ÄKTENSKAP

Sayaka Murata

ÖVERSÄTTNING AV EIKO OCH YUKIKO DUKE

MIN MAN KOM UT ur sovrummet, fortfarande sömnig. Han hade väckts av ljudet som tvättmaskinen ger ifrån sig när tvätten är klar.

»God morgon... Förlåt... Ska jag ta över?«

Egentligen har vi bestämt att min man ska ta tvätten på helgerna. Men eftersom han hade jobbat över på banken och kommit hem med sista tunnelbanan, beslöt jag mig för att ta den.

»Nej, det är okej«, sa jag. »Du, jag råkade tvätta den där gröna skjortan också. Hoppas att det inte gjorde något.«

»Nejdå, inte alls. Förlåt, det var ju inte meningen att du skulle behöva göra det här. Men tack i alla fall.«

Medan jag bar ut tvätten på verandan och hängde den, gjorde min man sig i ordning i badrummet och klädde på sig. Sedan rostade han lite bröd, torkade av bordet och satte sig ner för att äta frukost.

Att leva med min man är som att ha en extremt renlig och klok uggla som husdjur. Det är faktiskt behändigt att ha ett ordningsamt husdjur i hemmet.

Vi har varit gifta i tre år nu, men min bild av min man har inte förändrats alls. En av mina vänner, som gifte sig av kärlek vid ungefär samma tid, säger att hon har utvecklat en fysisk motvilja mot sin man. Det där känner jag inte alls igen. Min man har fint bordsskick och det händer aldrig att han lämnar spår efter sig i toaletten eller badkaret. Ibland undrar jag om vi inte borde ha bestämt att han skulle vara ansvarig för städningen när vi delade upp hushållssysslorna.

Jag sa det till min man när jag hade hängt all tvätt. Han skrattade. »Jaså, jag påminner dig om en robotdammsugare?« Faktum var att det inte alls var någon dum liknelse.

»Fast du, Mizuki, är mer som en kanin eller en ekorre. Du är tystlåten, ljudkänslig, hackar aldrig på mig eller får några utbrott.«

»Menar du att ekorrar aldrig får utbrott?«

»Ingen aning, nu pratar vi bara om min bild av ekorrar. Du och jag, vi är som renliga djur som inte går i vägen för varandra. Är inte det underbart?«

Det är det verkligen. Jag stör mig förstås på småsaker han gör. Som att han byter toarullarna för tidigt. Eller att han delar upp disken efter storlek och inte efter vad som är oljigt eller inte. Att jag inte jämt och ständigt retar upp mig på sådant beror nog på att jag och min man har en lagom distans till varandra.

Vi lärde känna varandra på en äktenskapsförmedlingssajt på nätet. När jag ögnade igenom vad männen skrev om sitt idealäktenskap – »Jag vill bilda en varm, kärleksfull familj«, »Jag vill ha ett lyckligt hem med massor av barn!« – stod min mans svar ut: »Jag önskar ett rent äktenskap.«

När jag sedan noggrant läste hans presentation, stod det så här i den: »Jag skulle vilja dela en lugn och okomplicerad vardaglig tillvaro med någon jag har en bror–systerliknande relation till. En relation befriad från sex som inte fäster något avseende vid kön.«

Jag blev intresserad och började mejlväxla med honom. Det dröjde inte länge förrän vi bestämde oss för att ses. Han hade silverbågade glasögon och såg väldigt nervös ut, och det var nära att jag missförstod hans önskan om ett »rent äktenskap« som att det handlade om ren och skär bacillskräck.

Men när vi väl träffades och fick tala ordentligt med varandra, förstod jag att det rörde sig om en helt annan sorts »rent äktenskap«.

»För mig ska familjelivet vara en lugn och fridfull sfär. Något man kan skapa med en rumskamrat man står verkligt nära. Ja, eller det som bildas runt två småsyskon när de är ensamma hemma och deras föräldrar är borta någonstans. Det är mitt familjeideal«, förklarade han.

»Jag förstår precis. Det där kan jag verkligen känna igen mig i.«

»Saken är den att jag har svårt att se familjebildning som en naturlig följd av kärlek. Familjen borde väl rimligtvis stå över kärlek och könsuppdelningar. Jag vill kunna möta min partner som en familjemedlem och ingenting annat.«

»Det där håller jag helt med om«, sa jag. »Jag har levt med flera män, men efter ett tag har jag alltid äcklats av dem och lämnat dem. Vi skulle ju föreställa en familj, men de ville ha mig både som kvinna och förstående vän. Ologiskt, eller hur? Jag var tvungen att vara deras kvinna, vän och mamma på samma gång. Om det vore möjligt, skulle jag mycket hellre vilja leva som bror och syster.«

»Det skulle jag också! Det är precis det jag vill åt! Men ingen har fattat vad jag har menat hittills... Den där äktenskapsförmedlingssajten är ju också helt sanslös. Den har en kolumn där man ska fylla i sin årslön och en annan där kvinnor ska skriva vilken maträtt som är deras specialitet... Vad har det med familj att göra? Ingenting alls, om du frågar mig. Jag letar efter en partner, en som jag slipper ha en relation man–kvinna med.«

Han hade hetsat upp sig rejält under sitt känslosamma utbrott och torkade svetten ur pannan med en blårandig näsduk. Sedan drack han upp vattnet i sitt glas och suckade.

»Jag är mycket glad över att du förstår hur jag känner. Men jag inser förstås att det förmodligen är ett ouppnåeligt ideal...«

»Det kan man inte veta förrän man har försökt.«

»Va?«

Han tryckte snabbt upp glasögonen som hade glidit ner över näsan när han svettades.

Jag såg honom rakt in i ögonen och sa:

»Ska vi inte våga oss på ett försök? Vill du ingå ett 'sexlöst äktenskap' med mig?«

»Ska vi inte ta oss till sjukhuset snart?« sa min man medan han läste tidningen och åt av sin toast.

»Hmm, sjukhuset...«

»Visst har du fyllt trettiotre, Mizuki? Jag tror att det kan vara bra att se till att få ett ägg befruktat nu.«

»Jo, så är det nog«, instämde jag medan jag betraktade citronskivan som flöt omkring i mitt te. Jag hade själv tänkt att det nog snart var dags. »Vet du, det är nog en ganska bra period. Det börjar bli lite lugnare på jobbet nu också.«

»Ska vi boka tid på sjukhuset redan till nästa vecka då?«

»Sakta i backarna. Jag har ju precis tagit ett p-piller. Även om jag slutar äta pillren i morgon, måste vi vänta ett tag och låta ägglossningen komma igång igen.«

»Oj då, jag var kanske lite för snabb där«, sa min man och såg för en gångs skull lite generad ut. »Men jag tror inte att de kommer att försöka befrukta några ägg vid första besöket... Det är nog ganska troligt att de börjar med att bara göra en gynundersökning, så det kanske ändå kan vara bra om vi bokar tid när nästa mens är över.«

»Okej.«

När jag slutar att ta p-piller, brukar jag få en blödning två dagar senare. Det är en betydligt lättare blödning än mens och den är över på två, tre dagar. Jag förklarade det för min man och vi bestämde oss för att boka en tid på lördagen två veckor senare.

Det var betydligt bättre att leva i ett »sexlöst äktenskap« än jag hade vågat tro. Min årslön var 400 000 yen, min mans 500 000 yen. Vi bestämde oss för att skjuta till 150 000 yen var till hushållet och sätta in återstoden på respektive bankbok. Så vi levde på sammanlagt 300 000 yen i månaden, resten sparade vi. På ett tidigt stadium bestämde vi oss för att aldrig skaffa oss någon gemensam förmögenhet i form av en lägenhet eller liknande.

Eftersom vi hade delat lika på hushållskostnaderna, beslöt vi att göra detsamma med hushållsbestyren också. Men till skillnad från faktiska kostnader, var det betydligt svårare att rättvist dela upp hushållsarbetet. Jag bad min man, som är duktig på matlagning, att stå för den. Själv lovade jag att ansvara för tvätt och städning. Men eftersom jag fick lite mer att göra än min man, bestämde vi att han skulle ta tvätten på helgerna.

Så långt var det enkelt. Det knepiga var sexet. Min man ville att vi helt skulle förbjuda parsex inom hemmets gränser och det var jag helt med på.

»För mig är sex något man ägnar sig åt ensam i sitt eget rum eller något man klarar av utanför hemmet. Blotta tanken på att komma hem helt slut från jobbet, hälsa på sin partner och veta att man förväntas ställa upp på sex får det att vända sig i magen på mig.«

»Jag förstår precis vad du menar. Jag tycker att det kan vara okej i början av en relation. Men ju längre en relation håller på – och man till slut halvt om halvt bor ihop – desto jobbigare blir det. Då kan man ligga och sova och helt plötsligt känna sin partners hand treva på en. Eller också har man legat och vilat tillsammans helt fredligt, när hans smekningar plötsligt blir sexuella. Jag tycker inte om det. Jag vill själv slå av och på kontakten till min lust och hemma vill jag att den ska vara avslagen.«

»Precis så tänker jag också. Åh, så lättad jag är över att inte vara ensam om att känna så här. Jag började nästan tro att jag var underlig på något sätt.«

Så kom det sig att vi gifte oss och blev ett könsneutralt par som från allra första början avstod från sex. Kruxet var bara att vi båda ville ha barn.

Innan vi gifte oss gjorde vi grundliga sökningar på nätet och hittade till slut en specialistklinik som sexuella minoriteter vände sig till när de ville skaffa barn. Det kunde till exempel röra sig om homosexuella som ville ha barn eller asexuella som längtade efter att bli gravida. Människor som inte hade råd att göra en provrörsbefruktning eller inte kunde hitta en fördomsfri läkare.

Jag och min man platsade kanske inte bland det man vanligtvis kallar sexuella minoriteter, men när vi ringde till kliniken fick vi höra att vi kunde få tid för en undersökning.

»Hör av er när ni vill skaffa barn. Boka tid bara, så kommer vi att göra vårt bästa för att hjälpa er«, sa kvinnan i andra änden.

»Alltså, vi är ett par som inte har sex…«

Kvinnan svarade mjukt.

»Oroa er inte. Här på sjukhuset har vi många olika slags patienter. Män som bara kan få stånd av att titta på animefilm, och deras hustrur. Par som inte har sex, men absolut vill ha barn. Par som inte klarar av att ha sex när de ser på varandra. Alla har de sina rutiga och randiga skäl att komma just till oss. Vårt jobb är att tillhandahålla sex som medicinsk behandling.«

Vi hade ingen aning om vad »sex som medicinsk behandling« innebar för något, men var ändå lättade över att det tycktes finnas lösningar bara man letade ordentligt.

Min man hade ätit klart sin toast och börjat spela ett tevespel. Medan jag följde spelet ur ögonvrån, ringde jag kliniken för att få en tid för rådgivning.

På eftermiddagen lördagen därpå begav vi oss till sjukhuset. Det var en vacker, vit byggnad som låg i ett av Aoyamas finaste kvarter. Det var uppenbart att det gick bra för kliniken.

I väntrummet stod ljusbeigea soffor och avslappningsmusik strömmade ut från högtalarna. Förutom vi satt det en kvinna i väntrummet. Efter en stund fick hon någon sorts medicin i receptionen och gick.

»Herr och fru Takahashi, välkomna in«, sa receptionisten.

Hon visade in oss i ett rum där det satt en kortklippt, kvinnlig läkare.

»Jahaja, ni har alltså beställt Clean Breed.«

»Ursäkta, men vad sa du att det hette?«

»Clean Breed. Om man skulle direktöversätta det, skulle det bli 'Ren Reproduktion'. Det sex vi tillhandahåller, medicinskt sex, har inte njutning som mål. Vi har valt att kalla vår behandling det för att göra en distinktion mellan de olika typerna av sex.«

»Jaha ...«

Den kvinnliga läkaren nickade flera gånger medan hon ögnade igenom det frågeformulär vi hade fyllt i.

»Jaha ... okej ... jag förstår ... Ni har alltså inte haft sex sedan ni gifte er. Men nu vill ni skaffa barn och det är därför ni har vänt er till oss för att få Clean Breed. Det är så det ligger till, eller hur?«

»Alltså, vi har inte riktigt bestämt oss ... Vi fattar inte riktigt vad det här Clean Breed innebär, så vi skulle gärna vilja att ni förklarade det för oss.«

När min man sa det, nickade den kvinnliga läkaren, sköt ifrån sig frågeformuläret och lade det ena benet i kors över det andra.

»Ja, om ni tittar på vår hemsida tror jag att det är ganska bra förklarat där. Men jag kan dra det muntligt för er också. Nuförtiden har antalet människor som på grund av psykologiska orsaker inte kan ha sex med sin partner ökat. De människor de passar ihop med sexuellt behöver inte nödvändigtvis vara lämpliga att bilda familj med. Och vice versa, förstås. Det är inte alls säkert att man blir upphetsad av den person som det är bäst att bilda familj med«, sa hon.

»Till att börja med är det ju förlegat att tänka sig att gifta par måste ha sex för att få barn. Det är helt enkelt inte i samklang med tiden. Det är nonsens att bunta ihop sex för njutning och sex för reproduktion när det numera är så väsensskilda saker. Det är inte så världen ser ut längre.«

Den kvinnliga läkaren reste sig upp och räckte oss varsitt exemplar av en broschyr på vilken det stod: »Clean Breed och den nya familjen«.

»Nuförtiden har målen med sex blivit betydligt fler. Tror ni att en man som tänder på unga flickor kan få stånd av sin trettiosexåriga fru? Kan en kvinna, som bara blir upphetsad av tvådimensionella män, ha sex med en verklig karl utan att få ont? Det är inte nödvändigtvis så att ens partner är den man har sex med. Det är verkligen ett underbart framsteg. Man tänker med huvudet och inte underlivet. Man väljer sin familj med förnuftet. Det är bara det att det blir problem när man ska skaffa barn. Och det är då man använder sig av Clean Breed och experter som vi … Det vill säga, man ägnar sig åt ren reproduktion och lämnar vidare högkvalitativa gener till framtiden.«

»Jaha …«

Den kvinnliga läkaren malde på i all oändlighet, så jag började bläddra i broschyren. Där stod saker som »Den nya parstilen« och »Spjutspetstekniken som ger er en fantastisk upplevelse bortom Eros« – rad efter rad med skrivtecken.

»Enligt ert frågeformulär hade ni, herr och fru Takahashi, redan innan ert giftermål bestämt er för att hålla isär sex och äktenskap. Det var först efter att ha kommit överens om det som ni registrerade er som gifta. Det är ju helt underbart, en verkligt banbrytande relation.«

»Nja, jag skulle nog inte säga att det är så märkvärdigt.«

Jag tänkte olustigt att jag hade svårt för människor som den kvinnliga läkaren. När jag kastade en förstulen blick på min man, såg jag att han kände likadant. Han såg helt nollställt på när läkaren vred på sin kulspetspenna.

»Det är just för par som er, herr och fru Takahashi, som spjutspetstekniken Clean Breed är perfekt. Sjukvårdsförsäkringen täcker dessvärre inte behandlingen, så det blir 9 500 yen för varje omgång. Vi kommer att be er, fru Takahashi, att föra anteckningar över er kroppstemperatur och med utgångspunkt ifrån det bestämma befruktningsdag. Och skulle ni inte bli gravid efter ett antal behandlingar, kommer vi att kunna ge er rådgivning om infertilitet. Ni är fortfarande ung och om vi gör några Clean Breed-behandlingar, tror jag nog att ni kan hoppas på att bli gravid utan behandlingar mot infertilitet. Det går också att undersöka er fertilitet innan vi påbörjar Clean Breed.«

»Oj, vad dyrt …« Orden bara halkade ur min man.

Läkaren log ett bländande leende och såg på min man.

»Det rör sig ju om högteknologisk teknik. Det är fortfarande få sjukhus i Japan som har tagit in tekniken och efterfrågan är så mycket större än tillgången. Senast i går hade vi ett par här som kom ända från Tottori. De blev mycket imponerade. När vill ni boka tid? Om ni gör det nu, kan ni bestämma vilken bakgrundsmusik ni vill ha under behandlingen. Det vanliga är att man antecknar sin kroppstemperatur och med utgångspunkt från den räknar ut ägglossningen. Men det finns även goda chanser på andra dagar …«

»I dag ville vi faktiskt bara komma på rådgivning«, klippte jag av, rädd att allt bara skulle rulla på. »Jag måste prata lite med min man först.«

Läkaren log.

»Självklart, rådgör ni i lugn och ro. Men tänk bara på att Clean Breed är oerhört populärt och det inte är säkert att ni kan pricka in en ägglossning. Men just precis nu råkar vi ha en lucka, så jag skulle råda er att bestämma er fort.«

»Vi förstår. Vi hör av oss när vi har pratat ihop oss.«

Min man reste sig. Han verkade irriterad. Jag följde snabbt efter honom ut ur undersökningsrummet.

När vi hade kommit ut ur sjukhuset gick vi runt i Aoyamaområdet där vi inte rörde oss så ofta. Vi tog oss bort mot Omotesando och gick in på ett café längs vägen.

»Hur ska vi göra?« frågade jag min man. Han drack av sin café au lait och gjorde en grimas.

»Det känns ju lite underligt det där … De kallar det medicinsk behandling, men det handlar uppenbarligen inte om någon provrörsbefruktning. Det borde ju innebära att det är du, Mizuki, och jag som måste göra det här själva.«

»Eller hur …«

Jag suckade och förde pekfingret upp och ner längs tekoppen.

»Men, hur ska vi göra då?« frågade jag och stirrade ner i teet utan att se upp.

»Va? Vad menar du?«

»Det där med att göra barn … Ska vi försöka själva? Bara vi två, hemma?«

Innan jag hade hunnit avsluta meningen, kände jag äcklet välla upp i mig. Med huvudet fortfarande nerböjt, strävade min kropp bakåt i stolen för att komma bort från min man. Jag kunde känna hur en rynka bildades mellan mina ögonbryn.

»Nejmen, det är väl ändå …«

Min man verkade känna likadant. Jag såg hur han drog in sina ben under bordet så att jag inte längre kunde se dem. Något lugnad av att min man också verkade känna motvilja mot idén, tittade jag upp. Min man stirrade ner i sin kaffekopp.

»Det är lite svårt att bestämma sig för något, men vi kanske ändå ska välja konstgjord befruktning. Det verkar ju som om ett antal par som inte har sex använder sig av det. Och det kanske går att hitta en läkare som har lite förståelse. Om det andra kostar 9 500 yen, så kanske det är bättre att undersöka andra alternativ«, sa han.

»Det har du rätt i«, sa jag.

Min man såg lite lättad ut. Han lyfte äntligen blicken från kaffet och tittade ut. Utanför caféet passerade en kvinna med hund, en kontorsanställd småsprang förbi medan han stressat tittade på klockan och en grupp ungdomar höll på med sina mobiler.

Jag såg frånvarande på människorna som gick förbi och funderade på hur många av dem som hade blivit till under ett samlag mellan två personer som älskade varandra. Var de frukten av oplanerat sex som hade råkat äga rum under en ägglossning? Hade de blivit till med hjälp av konstgjord befruktning? Eller var de kanske resultatet av en våldtäkt? Oberoende av vilket hade en spermie i alla dessa fall nått fram till ett ägg och utvecklats till ett liv.

Jag såg ner under bordet igen. Det gick fortfarande inte att se min mans skor.

När jag hade ätit lunch på jobbet och stod och borstade tänderna på företagets toalett ringde mobilen.

Samtalet kom från ett okänt nummer. När jag svarade efter att ha tvekat en stund, sa en kvinnoröst: »Är du Mizuki Takahashi?«

»Förlåt, vem är ni?« frågade jag efter att ha irriterat mig på kvinnans högdragna ton.

»Jag har ett förhållande med Nobuhiro«, svarade hon.

»Jaha, du är alltså hans älskarinna?« slank det ur mig. Det lät inte klokt.

Jag och min man hade en överenskommelse om att inte ha sex i hemmet, men det innebar inte att vi inte kände åtrå. Vi hade bestämt att vi fick ha sex med andra personer. Det var ungefär som överenskommelsen mellan tonårssyskon. Man smiter ut och har sex i hemlighet för att sedan komma tillbaka och låtsas som om man inte ens fattade vad ordet »sex« betyder. Andra skulle säkert kalla det otrohet, men för oss var det fullkomligt självklart. Jag hade själv precis gjort slut med en älskare jag träffat på Facebook och nu hade tröttnat på.

Det verkade som om min man hade bestämt sig för att lämna kvinnan eftersom vi skulle skaffa barn. Först tänkte jag att det var ansvarsfullt i överkant eftersom han – till skillnad från mig, det befruktade äggets bärare – kunde sprida sin vildhavre precis hur som helst. Men när jag hörde hur hysterisk kvinnan i andra änden var, insåg jag att han förmodligen bara tog tillfället i akt.

»Tänker du stämma mig? Gör du det, det är ändå du som får skämmas i sådana fall.«

»Nej, jag tänker inte stämma dig, men jag tänker inte skiljas från honom heller. Kan inte ni prata sinsemellan i stället? Jag har inget med er relation att göra«, sa jag.

Ju lugnare jag var, desto mer uppjagad blev kvinnan.

»Ni har inte sex, har jag förstått. Skäms du inte som kvinna? Jag tillfredsställer alltid honom och vi älskar verkligen varandra.«

»Ja, så är det väl. Du är ju hans älskarinna, så det är väl så det ska vara. Men han och jag är familj och vi har inte sex. Nu är min lunchpaus snart slut, så jag kan inte prata längre i telefon.«

»Du kan ju inte ens ge honom det sex han behöver! Han kan inte få upp den när han är med dig!«

»Nej, precis. Det är därför vi är en familj.«

Min lunchrast tog slut. Jag avslutade samtalet och blockerade numret.

»Vad har hänt, Mizuki?« frågade min man medan han såg på mig.

Han hade just kommit upp ur badet och tagit fram en flaska mineralvatten ur kylen. Jag satt i soffan och knappade på min mobil.

»Vad menar du?«

»Du sitter ju bara och håller på med mobilen numera.«

»Jomen, jag har fått så mycket spam den senaste tiden. Jag funderar på att ändra min adress.«

Medan min man torkade håret sa han: »Det är bara att ändra inställningarna. Men Mizuki, du är ju helt hopplös vad det gäller apparater.«

Mejlen kom från min mans älskarinna. Förmodligen hade hon letat fram min adress i min mans mobil. Efter det där telefonsamtalet kom det meddelanden från henne praktiskt taget dagligen.

Först tänkte jag blockera mejlen också, men det var rätt intressanta saker som kom så jag fortsatte ta emot dem. Det kvinnan skickade var sexbilder på sig själv och min man.

Det fanns något kittlande över dem, ungefär som när man råkar se sin lillebror ha sex. Det verkade som om min man tyckte om att leka baby. Det fanns bilder av honom när han sög på kvinnans bröst. På andra bilder låg han på golvet och fick sina blöjor bytta. Det verkade som om han blev upphetsad av den där sortens lekar. Han hade ett rejält stånd i blöjan. Det var första gången jag såg min mans penis.

I mejlen stod det saker som: »Den enda som kan vara hans mamma är jag.« »När jag rör vid hans stjärthål, bönar och ber han: Mera, mamma. Kan du få honom att säga det?« »Det är bara jag som kan vara hans mamma. Du är oduglig som kvinna.«

Den där kvinnans hjärna måste koka av åtrå och kärlek, tänkte jag trött.

Bilden av min man på alla fyra med en napp i munnen och haklapp var däremot riktigt fascinerande. Jag kände mig oändligt tacksam över att inte behöva vara hans sexpartner.

Mobilen i min hand skakade till. Jag trodde att det var ytterligare ett mejl från älskarinnan, men den här gången var det från min bästa vän från gymnasieåren, Ryoko. På en bild med en sovande baby i spjälsäng hade hon skrivit: »Hur går det, Mizuki? Nobuhiro blir nog en toppenpappa!«

Jag lade mobilen på bordet och ropade på min man.

»Du …«

»Mmm …«

Min man, som hade tittat på teve medan han torkade sitt hår, tittade åt mitt håll.

»Du, jag har tänkt lite. Ska vi inte ta och gå dit?«

»Vart då?«

»Till det där sjukhuset. De flesta ställen som ägnar sig åt konstgjord befruktning är ju dyrare och dessutom kommer det att bli jobbigt att försöka hitta en läkare som förstår oss. Där kan vi enklare få hjälp. Vi behöver dessutom ingen fertilitetsundersökning, så det behöver vi ju inte betala för. Dessutom verkar det vara mindre påfrestande på kroppen eftersom det påminner om vanligt, naturligt sex.«

»Menar du det? Ja, jag kan ju ingenting om hur kvinnans kropp fungerar, så om du säger det så, Mizuki.«

Min man hade ett lite märkligt ansiktsuttryck, men hans aversion mot läkaren var tydligen inte så stark att han helt slog ifrån sig förslaget.

»Faktum är att jag har skrivit upp min temp varje dag sedan förra besöket där. Ska vi inte göra en tidsbokning vid nästa ägglossning? Försöka duger, liksom.«

»Visst, bara jag får ledigt skulle vi kunna ta oss dit«, sa min man och nickade frånvarande medan han fortsatte att titta på teve. Där visades naturscenerier från något land långt borta till tonerna av ett violinstycke som aldrig tycktes ta slut.

Min nästa ägglossning inföll tursamt nog på en lördag. Vi gick tillsammans till sjukhuset.

»Vi är här för att genomgå behandlingen, tack för att ni kunde ta emot oss«, sa jag.

När jag bugade mig för sköterskan som kom oss till mötes, skyndade sig min man att göra likadant.

»Då ska ni först klä om till de här.«

Sköterskan sträckte fram två vita sjukhusdräkter mot oss.

»Ta av er allt, även underkläderna, och sätt på er de här. Använd skåpet för era värdesaker och ropa på mig när ni är klara.«

Vi gick in i var sitt bås bakom ett skynke och satte på oss dräkterna.

Kvinnodräkten var mer täckande än jag hade väntat mig. Den bestod av en långärmad skjorta och en lång kjol. Jag undrade lite om inte kjolen skulle vara i vägen, men sa inget.

»Varsågod, herr Takahashi, då kan ni komma ut«, sa sjuksköterskan.

När hon drog ifrån skynket stod min man där i samma sorts dräkt som jag. Han rörde sig ovant i kjolen och verkade inte vara helt bekväm i den. Medan vi följde med sjuksköterskan mot ett rum längre bort rörde han nervöst på händerna.

Rummet var helt vitt och saknade fönster. Det var omöblerat så när som på två stora, fällbara stolar. De påminde om större tandläkarstolar och var placerade mittemot varandra. I rummet stod två munskyddsförsedda sjuksköterskor beredda. En oljelampa med aromatisk olja brann och doften av lavendel var så stark att den var kväljande. Klassisk musik på låg volym strömmade ut ur högtalarna.

»Var vänlig och lägg er i den där stolen, herr Takahashi.«

Min man lade sig i stolen längst bort. Den hade fällts bakåt så långt att armstöden var parallella med stolen, vilket innebar att min man låg i den som i en säng.

»Och ni, fru Takahashi, ska ta plats i den här stolen.«

Jag leddes fram till den vita stolen mittemot min mans. Den var mjuk och lite högre placerad än den andra.

»Sätt upp era ben här.«

På min stol fanns det två benstöd på var sin sida, precis som på en gynekologstol. När jag lade upp benen på benstöden, hamnade de brett isär. Men eftersom jag hade långkjol på mig, kändes det inte fullt så genant.

»Då ska er man snart få lämna ifrån sig säd.«

Den sköterska som hade följt med oss till rummet hade också fått på sig ett munskydd utan att jag hade märkt det. Det såg precis ut som om en operation just skulle påbörjas. Sjuksköterskorna, som alla hade på sig tunna plasthandskar, nickade mot varandra.

I takt med avslappningsmusiken stack de alla tre in sina händer under min mans kjol och tycktes röra vid hans kön.

»Hur känns det, herr Takahashi? Kämpa på nu!«

Min man, som hade fått sina glasögon avtagna, slöt ögonen hårt. Han låg bara där helt hjälplös och utsatte sig för sjuksköterskornas behandling. Efter en stund sa en av de tre sjuksköterskorna med ett högtidligt tonfall: »Livets flod rör sig igenom er mans kropp.«

När jag precis hade lyckats förstå att det innebar att min man hade fått stånd, kom en av sjuksköterskorna fram till mig.

»Då var det er tur, fru Takahashi.«

En plasthandskeklädd sjuksköterskehand letade sig in under fållen på min kjol. Handen lade på någon sorts örtdoftande gel på blygdläpparna och den oväntat kalla beröringen fick mig att rycka till. Men det kändes ungefär som att vara hos gynekologen, så det var åtminstone inte obehagligt.

»Nu är det dags att förbereda livets väg till ägget«, sa sjuksköterskan med samma högtidliga tonfall och tog fram någon sorts apparat. I ena änden hade den en silvrig kolv som innehöll något geléartat. Från kolven gick det en sladd som satt fast i ett uttag i väggen. Det såg ut att vara någon sorts masturberingsapparat.

Med kliniskt precisa rörelser drog sjuksköterskan upp min mans kjol och körde helt sonika in hans penis i kolven.

»Herr Takahashi, när livet anländer måste ni säga till. Räck upp handen! Är det förstått?«

Min man nickade utan att säga något. Han var likblek i ansiktet och höll krampaktigt tag i fållen till sin dräkt.

»Vi leder fram ert flöde av liv med elektromagnetiska vågrörelser! Är ni med, herr Takahashi!?«

Sjuksköterskan förklarade på, men för mig verkade det som om hon bara förde den där silverfärgade tuben upp och ner för min mans penis. Tuben såg hur som helst väldesignad ut och om man tittade noga, såg man att det stod »Clean Breed« på engelska på framsidan av den. Sladden for åt alla håll när sjuksköterskan allt mer frenetiskt hanterade tuben. Det var till och med så att kylig gelé skvätte på mina ben.

»Det är en alldeles ny apparat så den kan kännas lite kall, men försök stå ut, herr Takahashi. Det är alldeles strax klart!«

Min man kved och svettades ymnigt, nästan som om han med våld blev avtvingad sperma.

»Herr Takahashi, stå på er nu!«

»Det är alldeles strax klart! Titta! Nu stiger saven i herr Takahashi.«

»Frun, kom mera hitåt, så där ja! Håll honom i handen!«

Jag var förvirrad, men lyckades luta mig fram från ryggstödet och ta tag i den hand som min man kraftlöst räckte fram mot mig.

»Just så! Stå på er, herr Takahashi!«

Sjuksköterskorna ropade medan de fortsatte att stimulera min mans penis.

»Kämpa på, vännen!« ropade jag till min man.

Då höjde han sin skakande vänsterhand i luften.

»Livets flod lämnar er man!« ropade en sjuksköterska.

Då sänktes plötsligt mitt ryggstöd och stolen började röra sig. Jag låg och tittade upp i taket och förstod absolut ingenting. Jag var helt förvirrad och kände mig som om jag var med i en film. Det verkade som om jag hade förts mot min man med benen fortfarande brett isär. När stolen stannade, fördes någonting som tycktes vara min mans penis in i mitt kön ungefär som man sätter i en kontakt i ett vägguttag.

Jag visste inte hur det kom sig, men min mans penis tycktes också vara insmetad med gelé. Den kändes kylig, som en maskin som bara hade stoppats in i mig för att spruta sperma.

»Livet har förts över!« ropade sjuksköterskan med genomträngande röst.

En odefinierad, lite varm känsla spred sig i underlivet. Det verkade som om min man hade fått utlösning.

»Bra kämpat, herr Takahashi!«

»Det var verkligen fint jobbat, fru Takahashi.«

Sjuksköterskorna torkade av oss med varma, fuktiga handdukar. Jag satte på mig en av bindorna jag hade fått och tog på mig trosorna. Sjuksköterskorna gratulerade min man och torkade bort hans svett. Det var som om han hade fött barn och jag hade tagit emot det.

»Använd för säkerhets skull bindor och tvätta inte underlivet. Om ni absolut känner att ni måste, så kan ni ta en snabb dusch när ni har kommit hem. En strålande insats, fru Takahashi.«

»Mmm ...«

Jag nickade medan jag slappnade av och tänkte att det hade varit lättare än jag trodde att det skulle vara. Det verkade som om min man hade dragit det tyngre lasset, han som hade tvingats till utlösning utan att känna någon upphetsning. Han flämtade fortfarande och såg ansträngd ut.

»Att de ska ta 9 500 yen för det här, det är ju rena rånet«, sa min man ilsket när vi var på väg hem.

Medan jag nästan höll på att brista ut i skratt, sa jag: »Ja, det är verkligen förskräckligt. Du, jag behövde ju egentligen inte göra något sexuellt ... Men hur var det för dig ...?«

»Det här är det värsta jag har råkat ut för! Sjuksköterskorna sa att man kunde få medicin för att klara av det. Det hade varit mycket bättre«, sade min man irriterat.

»Fast jag kände ingen större skillnad mellan att röra mig i dig och i den där konstiga maskinen. Jag visste inte hur mycket som var du och hur mycket som var maskinen, så innan jag visste ordet av hade jag kommit. Det kändes nästan inte som om jag hade gjort något med en människa«, mumlade han.

»Men det var väl bra. På det här viset kunde vi ju slå vakt om vår sexlösa relation.«

»Jo, det kunde vi ju förstås, men ...«

Vi stannade vid en park i närheten.

»Du, gör det något om jag går på toaletten? Jag skulle gärna vilja byta binda.«

»Mmm. Nej.«

Min man nickade med ett märkligt ansiktsuttryck, kanske tyckte han att det var konstigt att något som kom från honom rann ur mig.

När jag drog ner trosorna på den offentliga toaletten i parken hade så mycket av min mans sädesvätska runnit ut att det såg ut som om jag hade fått vit mens. Jag bytte till en ny binda och gick ut. Min man satt på en bänk och väntade.

»Förlåt att du fick vänta.«

»Ingen fara. Är du okej?«

»Helt okej«, sa jag medan jag satte mig ner bredvid honom. »Men jag blev lite trött. Ska vi ta igen oss lite innan vi går vidare?«

Vi satt en stund och tittade ut över parken.

Parken var full med barn, förmodligen för att det var helg.

»Men du, det kanske inte var en så dum upplevelse ändå«, sa min man.

»Vilken totalomvändning, vad har hänt? Du var ju så arg alldeles nyss.«

»Nejdå, det var jag inte alls. Jag har ju ingen känsla av att ha haft sex med dig. På så vis var det här ju väldigt bra. Vi har inte fört in sex i vår relation«, mumlade min man medan han såg på en flicka som lekte i sandlådan.

»Om vi får barn, vilket vill du helst ha? En flicka eller en pojke?«

»Jag skulle föredra en flicka. Det är väl okej med en pojke också, men jag föreställer mig att flickor är söta som socker.«

»Okej.«

Min man kisade och såg på flickan som satt i sandlådan. Plötsligt reste hon sig upp och sprang i väg.

»Mamma!« ropade flickan mot en ung, leende kvinna.

Min man betraktade dem intensivt. Modern klappade flickan på huvudet, flickan skrattade och kramade om sin mor.

Svetten bröt fram i pannan på min man som nu stirrade panikslaget på modern och barnet.

»Vad är det?«

Min man svarade inte. Han höll sig plötsligt för munnen och hukade sig ner. Det kom bara galla när han kräktes, förmodligen för att han inte hade ätit något sedan frukost. Jag såg på honom, på hur han förgäves försökte låta bli att få upp något mer, och tänkte att symtomen påminde om illamåendet vid graviditeter.

»Mamma! Mamma!«

Den lilla flickans oskyldiga röst ljöd genom parken. Min man drabbades av nya konvulsioner. När jag lade handen på hans darrande rygg, kunde jag känna hur hans säd forsade ur mig. ■

GRANTA

DEN KNULLADE KVINNAN

Karolina Ramqvist

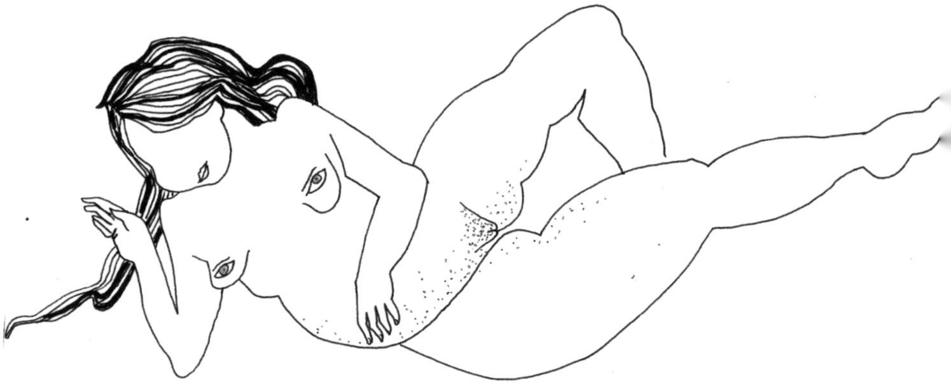

JAG TÄNKER PÅ EN KVINNA jag sett många gånger. Hon är naken eller nästan naken, någonting har tagits av eller knäppts upp så att hennes kropp blottas. Brösten eller låren, huden som är slät och lite glänsande, hennes hals när hon lutar huvudet bakåt och sluter ögonen. Intill henne står en man. Hans ansikte syns inte. Hon är mindre än han, lätt för honom att lyfta. Han är stark och hon är lätt. Hans händer är stora. Hans händer griper tag om hennes mjuka hull när han lyfter henne, håller hårt i hennes följsamma kropp, trycker ner den när han tränger in i den.

Det är en bild av kvinnlighet och skillnad som har presenterats för mig i så många varianter, i konsten och kulturen, sedan jag var barn i början av 1980-talet, att det skulle vara omöjligt att ens försöka minnas dem alla. Bilden av den knullade kvinnan har blivit en del av mig, vare sig jag velat det eller inte. Den lockar mig och får mig att känna skam på samma gång, skam för att den lockar mig och skam för att jag inte riktigt låter mig lockas av den fullt ut; för att jag är en 1900-talsmänniska som aldrig befinner sig helt i kontakt med sina drifter utan ständigt undrar vad de betyder och vad de säger om henne.

Jag tänkte på det på den årliga sommarfesten på mitt förlag, där jag blev presenterad för en författare jag beundrar, en kvinna i min egen ålder vars senaste bok jag vid det tillfället precis hade läst. Vår gemensamma förläggare förklarade att han länge tänkt sammanföra oss, eftersom han trodde att vi kunde ha en del att prata om och när han sade det nickade vi båda och log mot varandra. Det var den första sommarkvällen. Alla gästerna stod på gården, en liten aning uppklädda, och blickade mot den blå himlen och kvällssolen, talade om vädret som varit dåligt i flera veckor men äntligen slagit om, så sent som samma eftermiddag, som om det ansträngde sig för vår skull. Förläggaren minglade vidare efter en kort stund och lämnade oss med våra rödvinsglas och cigarettpaket vid ett ståbord insvept i vitt dekorationstyg. Författaren började genast fråga ut mig om mitt förhållande till män. Det händer ganska ofta och inte bara mig. Jag uppfattar det som ett ständigt pågående samtal bara något ord bort från allt annat som sägs, som drivs framåt av heterosexuella kvinnors nyfikenhet på andra heterosexuella kvinnor: Hur gör du? Hur står du ut? Vad har varit din strategi? Frågorna uttalas inte så, men de ligger där, som tunga, tysta vädjanden på vårt språks botten.

För det mesta handlar det om hur svårt det är att älska män eller leva med dem eller hitta en ny man att leva med efter att den förra lämnat en för någon yngre. Vad är rimligt att kräva eller stå ut med i ett förhållande, går det att lära sig att acceptera en man som han är och sluta försöka ändra på honom, är det bättre att skaffa barn med fel person än att vänta och riskera att bli för gammal, är det möjligt att befria sig från idén om att kärleken – det vill säga en man – skall tillfredsställa alla behov och vara allt? Och eftersom jag själv faktiskt lärt mig att älska en man engagerar jag mig numera i dessa samtal lite mer än förut. Kanske för att de innebär ett sällsamt tillfälle för mig att få känna att jag har klarat något som en massa människor tycker är både mycket svårt och mycket eftersträvansvärt. Jag har också börjat bidra själv genom att ibland berätta min egen historia, och jag försöker se det som en oskyldig önskan om att dela en beskrivning av en sida av livet med en annan människa, i en stund när det passar att göra det, som med författaren på den där festen, men om jag rannsakar mig själv vet jag ju att det som hänt är att jag har lagt mig till med en så kallad personlig berättelse. Som någon i en podcast eller ett sådant där teveprogram, där kändisar talar med varandra om sina liv.

Jag är poet och det är möjligt att man kanske kan se det som att mitt arbete har något litet med berättande att göra, men i takt med att berättelser tagit upp mer och mer av världen, de enskilda samtalen och det offentliga, har jag börjat avsky dem. Personliga berättelser, samhällsberättelser, kommersiella berättelser. Förresten är de alla kommersiella. Det är det de är, meningen med dem är att alstra kapital, åt den som skapat dem eller någon annan, men de kan bara göra det om de låtsas ha ett högre syfte. Något världsförbättrande, »inspirerande«. Jag är nog långtifrån ensam om motviljan mot dessa hjältesagor och säkert hade man kunnat få höra något liknande om man frågat vem som helst av de som stod där intill oss i kvällssolen på kullerstensgården framför den 1800-talsfastighet där förlagets kontor var inrymt, men när det gäller just det här ämnet har jag alltså tillåtit mig en berättelse, kanske för att den gör det lättare att tala om något som är privat, kanske för att jag vill ge ett uppmuntrande exempel för att försäkra den jag talar med om att hon också skulle kunna älska en man, om nu jag av alla människor har lyckats. Och ja, ett litet mått av självironi har alltid sin plats i dessa berättelser, men *lyckats* är nyckelordet. Utvecklingen. Bedriften. Kriget som jaget vunnit.

Jag drog min historia för författaren. I korthet hur jag först varit med en massa dåliga män och sedan lyckats träffa en som var bra – och jag borde kanske be om förlåtelse till alla män jag varit tillsammans med för att jag skriver det här, om ni nu läser det, men vid närmare eftertanke så vet jag ju att ni inte gör det. Ni läser inte litterära tidskrifter, och ni har heller inte vänner eller släktingar som gör det. (Det skulle vara en flickvän då. Nya tidskriftsläsande flickvänner.) Och lika gärna som att dela in män i »bra« och »dåliga« kunde man förstås välja att tala om bra och dåliga eller funktionella och dysfunktionella relationer – men författaren verkade genast acceptera den där uppdelningen jag gjorde, och så brukar det vara. De flesta, män och kvinnor, verkar på en gång veta vad man talar om när man talar om »en bra man« och vad man menar när man talar om dåliga män. Som om det finns vissa grundläggande värden som en majoritet anser är möjliga att uttrycka så enkelt.

Om man däremot går närmare in på problematiken varierar det emellertid. Min egen bild är att de dåliga männen är de som inte kan hantera kvinnors strävan efter jämställdhet, och jämställdhet mellan könen är ju alltjämt något som framför allt kvinnor strävar efter, men av det ständiga samtalet med andra kvinnor, och av romaner som till exempel just den här författarens senaste, har jag dragit slutsatsen att det också kan handla om helt andra saker, som jag själv kanske inte skulle döma någon för. Som att en man inte besvarar en kvinnas kärlek, att han inte vill ha barn eller att han inte vill ha ett förhållande. Och att han, trots det, ligger eller skulle vilja ligga med henne. För om män är ett stort problem för kvinnor, verkar sex nästan ännu mer problematiskt. Känslan av att bli utnyttjad, eller rädslan för att ha blivit det, tycks alltid vara nära, även för dem som är äldre än jag och som jag har betraktat som auktoriteter, på andra områden åtminstone. Vi lever ett halvt sekel efter det som kallas den sexuella revolutionen, men sex tycks fortfarande vara något som män tar för att njuta av och som kvinnor ger för att få kärlek, eller äktenskap eller trygghet eller vad det nu är som just de uppfattar som kärlek. Även om det inte längre heter att en kvinna som ligger med någon utan att älska är en hora, så verkar det råda en uppfattning om att det finns någonting i varje kvinna som kan skadas om hon gör det, liksom att det är förnedrande för en kvinna att ligga med en man som inte vill ha »hela« henne, oansett vad hon själv vill. När jag hör sådana saker gläder jag mig åt att jag inte är man, för om jag vore det hade jag knappast kunnat invända det allra minsta utan att min åsikt avfärdats, omedelbart tolkad som mitt egennyttiga argument för att få ligga med kvinnor utan att lämna några löften efter mig.

Min generation föddes med alla de möjligheter som de tidigare gett oss, från ägande- och rösträtt till rätten att kontrollera reproduktionen, men ibland tycks det mig när jag talar med kvinnor som om patriarkatet ännu står upp bland oss, även sedan så många av dess samhälleliga stöttor tagits bort. Det är som om det hålls uppe av en osynlig kraft, kanske vår gemensamma längtan efter mäns godkännande och beskydd, och den fadda smak jag som vanligt kände när jag berättade min personliga historia kom sig alltså inte bara av att jag alls hade en sådan, utan också av min misstanke att jag med den var med och idealiserade männen, tvåsamheten och kärnfamiljen. När jag berättat färdigt väntade jag mig att författaren skulle reagera som alla andra och börja fråga ut mig om hur jag hade gått till väga för att bryta mönstret som fick mig att välja män som var dåliga och som jag inte passade ihop med. (Män som aldrig skulle läsa en litterär tidskrift, män som inte gillade mina dikter, män som inte gillade att jag reste bort för att sätta ihop en ny diktsamling eller att jag umgicks med andra män, män som ständigt tjatade om sex, och som var av den urgamla åsikten att flickvänner inte kunde våldtas.) Men hon ställde inte en enda fråga. Hon nickade bara och sade att hon själv hade varit med om samma sak och gjort samma förändring. Sedan ett halvår levde hon med en man som var bra, som hon älskade och som var hennes vän i grunden.

»Han förstår mig och han vill mig väl och han är den jag helst av allt vill vara med, hela tiden.«

»Men är det inte underbart?« utbrast jag, redan lite påverkad av vinet och med så mycket självgodhet att det räckte för oss båda.

»Jo, det är det«, sade hon. Men så såg hon sorgsen ut och tillade: »Men det är inte så sexuellt.«

»Inte?«

Mitt leende försvann. Jag fick inte fram något mer att säga. Jag var poet men jag umgicks sällan med poeter eller författare, jag umgicks i kretsar där ovanan att i alla samtal lägga kurs mot det lyckade helt hade slagit igenom, och jag hade själv lagt mig till med ett sådant sätt att tala och vara med andra människor. Jag hade trott mig kunna lägga av det när jag ville, men det hade blivit allt svårare, och nu kunde jag inte låta bli det ens när det gjorde mig till en idiot. Författaren verkade dock inte misstycka alltför mycket. Hon drog mig till sig och pekade på en man som stod på andra sidan gården, vid ett annat ståbord klätt i samma vita dekorationstyg, och pratade med ett par formgivare. Han var vacker och såg ut att vara några år yngre än hon, kanske formgivare han också, ljudboksproducent eller något med nya medier. Han måste ha känt att vi såg på honom, för han vred på huvudet, log och höjde sin flaska och gjorde en liten min som jag inte visste vad den skulle betyda, men som fick henne att skratta högt.

Sedan vände hon sig till mig igen och ryckte på axlarna.

»Det är bara så«, sade hon.

»Men är du säker?«

»Ja.«

Jag undrade om hon led av idén om attraktionen som något som alltid måste finnas och vara perfekt från början, en föreställning som fötts ur vår tids önskan om att stärka kvinnors lust och skydda dem från att bli utnyttjade av män, men som bara förvärrar sammanblandningen mellan sex och kärlek och gör det svårt för kvinnor att till exempel prova att ligga med en man som de tycker om men inte genast känner sig attraherade av. Men författaren verkade inte romantisera åtrån på det sättet.

»Du vet«, sade hon, »han tar mig inte och slänger ner mig på ett bord och bara knullar mig. Som jag skulle vilja.«

»Hmm«, sade jag.

Det var det enda jag fick fram, för pinsamheten paralyserade mig. Min blick vandrade från cigaretten hon lagt ifrån sig i askfatet, över de grå flagorna av aska som fallit ner på bordets vita tyg, till hennes vackra, bleka händer som vilade där. Jag kunde inte se på henne. Jag kände mig generad av bilden av den knullade kvinnan men också av tesen att bra män inte kunde knulla, och av det andra jag associerade till, nämligen synen att jämställdheten gått för långt och förstört det sköna i livet. Men det var också något mer som gjorde mig illa till mods, nästan besviken, när författaren delgav mig sina preferenser, och det hade att göra med hur sexualiteten, i mitt liv på grund av min egen stigande ålder, men också rent allmänt, av andra anledningar, gått från att vara ett mysterium till att bli en prestation, en *berättelse*. Varje gång ett samtal började handla om sex riskerade det att reduceras till ett förhävande, en uppvisning i den öppenhet och sundhet som sågs som ideal. Överallt lyftes pratandet om sexualiteten fram, men själv hade jag börjat se det som ett hot mot det som fortfarande var speciellt med sex, det dolda och svårfångade som existerade i ögonblicket, i kroppen, fantasin och det fysiska rummet.

Jag samlade mig och invände det självklara att om hon nu var i ett jämlikt förhållande där hon fick gehör för sina behov så borde sexet också kunna fungera. Innan jag hunnit avsluta meningen skakade hon på huvudet och blåste ut ett stort moln av rök rakt framåt.

»Nej«, sade hon. »Nej, nej, nej.«

När jag såg på henne igen undrade jag om det kanske var jag själv som var fast i på förhand bestämda åsikter och sätt att reflektera.

Det jag tänkte avslöjade kanske mer om mig själv än om henne. Hon närmade sig klichén, en kvinna som vill bli knullad, utan rädsla för att kladdas ner av det färdigformulerade som omgärdade den; synen på sexualiteten som en kanal för ett mer autentiskt jag och representativ för också andra delar av en. Enligt det synsättet var en kvinnas lust att bli upplyft, nertryckt och hårt knullad av en man ett tecken på att hon innerst inne törstade efter något annat än rättvisa och frihet för sig själv som människa. Ett bevis för att feminismen bara var en läpparnas bekännelse.

Författaren log mot mig och tog till orda igen. »Nej, men det är väl bara så«, sade hon, »att det finns bra och dåliga män.« Hon rullade ihop en liten bit folie från cigarettasken mellan sina fingertoppar medan hon pratade. »Män att leva med och män att ligga med.«

Det fanns en uppgivenhet i hennes blick när hon såg på mig igen. Jag tänkte att jag inte behövde säga något mer. Hon var inte ute efter tröst. Hon talade till mig som författare, som någon som var van att umgås med det låga och det fula utan att ständigt försöka gå undan från det. Kanske överskattade hon mig. Och så stod vi där, ensamma vid vårt bord, och hennes ord dröjde sig kvar i luften som var omkring oss. Det blev som ett tyst tomrum i det sorl som stigit, en täthet som rymde alla samtalets svårigheter. Människor pratade och skrattade och det fanns ingen chans att någon skulle ha hört vad hon sagt. Men om någon hade gjort det, en man, vad hade han då tänkt? Skulle han ha känt sig sårad? Själv hade jag på sista tiden ofta känt mig sårad av manliga författares generaliserande uttalanden om kvinnor. Sådant som jag inte skulle fästa någon vikt vid ifall det yttrades i till exempel en dokusåpa eller av en kompis på fyllan, blev i deras texter till smärtsamma sanningar, som gjorde mig till kvinna genom att få mig att tänka att det kanske faktiskt fanns något att veta om män som bara män visste och som skulle vara omöjligt för mig att syna. Och att om det fanns något motsvarande för kvinnor så skulle det inte vara relevant för en man att försöka tränga igenom.

Jag tänkte att sanningar om heterosexualitet inte var smärtsamma för män på samma sätt. Vita, heterosexuella män har aldrig förtryckts av föreställningar om kropp och natur och inte fått lära sig att deras liv ska handla om att skapa, vårda och längta efter felfri kärlek. Deras kroppar stänger dem inte ute från andra gemenskaper och hotar inte att diskvalificera dem som konstnärer. Män har heller inte tagit sig an ett kvinnligt perspektiv så som kvinnor internaliserat det manliga. När jag tänkte på det frågade jag mig huruvida män kanske gjorde rätt när de ignorerade kvinnliga konstnärer. Jag hade nyss bearbetat en pjäs, där en kvinna konfronterar mannen som lämnar henne, en framgångsrik filmregissör, med det faktum att han bara vill träffa unga oskuldsfulla kvinnor som inte ställer några krav, och när jag kom till hans svar – »Ja, du har nog rätt, det är nog så det är« – tyckte jag att världen vecklade ut sig för mig, med all smärta den höll i beredskap åt mig. Han ville inte ha henne, trots att han var förälskad i henne och uppskattade henne på många sätt, som samtalspart, vän och sexpartner, men han visste vad han ville ha i stället och han kunde erkänna det för henne. Han ägde en ärlighet som var brutal och som i mina ögon placerade honom närmare livet och också närmare alla möjligheter att kunna beskriva det i till exempel konsten. Jag såg framför mig hur manliga författare var burna av en vidunderlig frihet när de skrev om sex, helt trygga i sin förvissning om att deras verk skulle läsas som allmängiltiga skildringar av vad det var att vara människa och obegränsade av viljan att skydda sig själva eller skona någon kvinna. Manligheten kräver varken godhet eller behagfullhet. Det är lättare för män att framställa sig själva som så dåliga som de verkligen är.

Det där var något som författaren också hade. Hon verkade oförstörd av kvinnorollen och av tendenser i vår samtid, varken drabbad av skammen över den knullade kvinnan eller lusten att lägga henne till rätta. I vanliga fall stördes jag av det kategoriska tänkandet och min egen vana att ställa upp dikotomier, men när jag stod där med henne och kände hur orädd hon var jämfört med mig, tyckte jag att hennes tal om *män att leva med och män att ligga med* öppnade något i mig.

Första gången jag såg en man slå en kvinna var vi inte män och kvinnor utan barn. Det var en eftermiddag när vi som vanligt var i köpcentret vid skolan, vi satt på en bänk och pratade, min kompis pojkvän kom, de bytte ett par ord och plötsligt gav han henne en örfil. Vi andra som satt där såg på utan att säga något och efter att han slagit henne tog han henne i armen och ledde i väg med henne, på ett nästan faderligt vis. Som om hon var en olydig hund han hade straffat och nu skulle gå hem med.

Köpcentret och skolan låg på ett berg med en slänt nedanför. Marken var stenig med tjocka trädrötter som löpte kors och tvärs över stigen som trampats upp av alla som gått där, och på vintrarna, när stenarna och rötterna täcktes eller åtminstone fläckades av snö, brukade grupper av äldre pojkar välja ut en eller ett par flickor som de lyfte upp och bar ut ur skolan och bort till slänten. Och sedan kastade de ut oss där. När jag genomfors av minnet kom jag på mig själv med att tveka över om det var verkligt, om det verkligen hade hänt eller om jag själv skapat det, men jag kunde ju minnas hur det kändes, deras hårda händers grepp om mina armar och ben, min kropp i luften och mot marken, snön och jorden, och hur jag såg mig själv utifrån när de bar mig: mitt hår som fladdrade och min mun som formades. Med sitt våld gjorde de sig själva till män och mig till kvinna. De tog mig framför alla andra och bar vrålande och grymtande iväg med mig, övermannade mig, gjorde mig svag och visade hur svag och lätt jag var genom att bära mig, på raka armar med svällande muskler eller under en arm, som King-Kong bar Fay Wray i 1930-talsfilmen eller som gorillan bär kvinnan i *Gorille enlevant une femme* – Emmanuel Frémiets skulptur som i en första version 1859 refuserades av Parissalongen på grund av den debatt om människornas släktskap med aporna som Darwins forskning då hade gett upphov till. Jag undrar hur den tidens människor såg på sin lust att ordna världen och sortera det som finns i den, manlighet och kvinnlighet, natur och kultur, ljus och mörker, det goda och det onda, allt som är starkt och suggestivt och upptar ens tankar? Var de också rädda för hur teorier om det mänskligas ursprung skulle kunna förändra synen på människan och misstänkte de också att deras reflektioner begränsades av att inordnas i mönster av kategorier och motsatser?

I vår tid är sex så nära kopplat till identiteten att enskilda sexuella handlingar sällan ses som bara handlingar. Kvinnan som vill bli nertryckt och knullad av en man tenderar att bli ett problem. Dikotomierna och det kategoriska tänkandet gör det svårt att fördöma mäns våld mot kvinnor och samtidigt se det våldsamma i erotiken och erotiken i våldet. När jag skriver det här nu, mer än tjugo år efter den där eftermiddagen i shoppingcentret, minns jag också något mer än det som slog mig när jag pratade med författaren på förlagsfesten. Jag minns att jag försökte få min kompis att göra slut med sin kille, men inte för att han misshandlade henne, vilket förstås var det skäl jag anförde, utan för att den där örfilen väckte en avund i mig. Jag var helt ointresserad av honom, ändå avundades jag henne för att han hade markerat att hon var hans, en ägodel som han gjorde vad han ville med, det vill säga en kvinna.

Länge hade det där vardagliga, pubertala våldet en given plats bland mina egna teorier om varför jag själv hade envisats med att välja dåliga män. Jag tänkte också att jag gjorde det för att jag egentligen inte ville ha någon man, eller för att den egoism och aggressivitet som var betecknande för dåliga män inte haft någon plats i min egen identitet och att jag därför ville vara nära den, för att få känna dess märkvärdiga energi. Men det som författaren fick mig att rikta min uppmärksamhet mot var något annat. Hon citerade Samuel Taylor Coleridge – *A man's desire is for the woman, but the woman's desire is rarely other than for the desire of the man* – och det, att det inte var männen det handlade om, utan deras blick på mig, hade jag delvis redan sett när jag försökt analysera *andras* förhållande till dåliga män – eller förmåga att hamna i dåliga heterosexuella relationer om vi nu hellre skall tala om det så. De flesta av mina vänner som blivit utsatta för dåliga mäns kontroll och repression på samma sätt som jag själv, hade verkat mer traumatiserade av det faktum att de, som betraktade sig själva som starka och genusmedvetna, hamnat i en sådan relation, än av vad de faktiskt utsattes för i den. Det var som om det sade något om dem som de inte stod ut med. De kunde inte nog påpeka hur ovant det varit att befinna sig i en nertryckt kvinnas position och de distanserade sig så kraftfullt från henne, att hon som figur växte i mina ögon. Jag började ana hennes dragningskraft, att det var den som låg bakom allt detta. Och när jag lyssnade på författaren uppenbarade det sig för mig med en betydligt större klarhet. Det var bilden av den knullade kvinnan som lett oss till de dåliga männen. Vi hade sökt den roll de förlänade oss därför att den fick oss att känna oss kvinnliga, för att den bilden av kvinnlighet – knullad, svag, övermannad – var så pass stark. Det som jag tidigare bara snuddat vid stod nu helt klart för mig, och jag upprepade det för författaren och noterade att en tankes karaktär alltså kunde förändras så snabbt, hur den kunde gå från att vara ett slags skärva av ljus som trängde in, flyktig och konturlös, till att bli en fyrbåk vars sken lyste på allt i mörkret. Nu skulle jag återkomma till det här, nu skulle detta bli min sanning.

Det var kanske en liten skillnad mellan att tro sig vara tvingad in i rollen och att förstå att man själv sökt upp den för att den ägde en dragningskraft, men det var en skillnad. Den kunde inte vara betydelselös. En del av mig ville vara en kvinna, ville ligga tvärsöver stigen som löpte uppför slänten med stenar och rötter mot ryggen, ville tryckas ner, hållas fast och knullas. Det fanns en universell kvalitet i det som var könlös, men när jag tänkte på det uppstod också ett värde i att vilja det *som kvinna* – och det ökade i takt med misstanken att jag förvägrat mig själv detta. Jag växte upp i en tid då föreställningar om kvinnlighetens väsen fortfarande användes öppet som argument mot kvinnors rättigheter och feminister riktade in sig på att motverka biologismen. Jag hade distanserat mig från kvinnlighetens särart, från en mängd bilder av den – och när jag såg på författaren som framstod som så befriad från ideologiska hänsyn överfölls jag av känslan av att jag missat något. Jag spanade ut över festen. Folk hade ätit cateringmat från tallrikar med små ställningar för vinglasen och nu stod de med bara glasen i händerna och diskuterade sin osäkra försörjning, Författarfondens stipendier och en pågående kulturdebatt som alla var utleda på men ändå avhandlade. Jag såg på männen som stod där och på kvinnorna och jag slogs av tanken att sex kunde vara många saker, men mer än något annat var det meningen med män, meningen med kvinnor. Den enda meningen med skillnad. Var det så att alla andra redan kände till detta, och hade någon del av mig alltid vetat det men hindrats i sin insikt av ideologiska skäl, för att särskildgörandet av kvinnan, och sexualiseringen av kvinnoförtrycket, gjort det omöjligt att uppskatta det med kvinnligheten som verkligen var särskilt?

Oron över att inte vara i kontakt med det innersta plågade mig. Det var så jag såg det. Det faktum att sex trots allt fortfarande tillhörde det i tillvaron som var relativt undangömt bevarade mystiken, men också idén om sexualiteten som något opåverkat och ursprungligt som hörde till en kärna i djupet av oss, i stället för något formbart som fortlöpande konstruerades i sin tid. De första människorna, nomaderna, brukar ofta beskrivas som utan hämningar och sexuella tabun, men de drog sig ändå undan när de skulle ligga med varandra, eftersom akten gjorde dem ouppmärksamma på alla faror som hotade i deras omgivning. När jordbrukssamhällen etablerades måste män kontrollera kvinnors sexualitet för att kunna kontrollera ekonomin och politiken, ägandet och arvet. Ett kungahus kunde krossas av att fel personer låg med varandra. I vår tid betraktas sexualiteten fortfarande som ett hot, den apteras likt en tidsinställd bomb under parrelationen, familjen och det vi kallar kärlek. En hastig fysisk förening, eller bara tanken på den, om uttalad i stället för hemlighållen, kan i ett slag utplåna ett helt liv, en familj. Begären måste gömmas och klassificeras som något vilt inunder vår civilisations fernissa. Precis som våldet placeras sexualiteten där, i facket för det vi betraktar som djuriskt och instinktivt snarare än mänskligt och socialt.

»Det är ju inget avancerat«, fortsatte hon, lutade sig fram mot mig och började beskriva mer ingående vad det var hon ville att han skulle göra.

Jag såg på honom. Han var alltså en bra man. Det hade hon sagt. Var det så att han var rädd att den dåliga mannen inom honom skulle väckas ifall han gjorde det hon önskade? Och trodde han i så fall att den mannen, som hållits dold inom honom, var mer äkta än han själv? Var den dåliga mannen som arketyp, som sexuell kliché, så stark att han inte vågade göra hans rörelser, säga hans ord utan att riskera att förlora något av sin egen godhet? Jag var nyfiken på hur han resonerade men också indignerad å hennes vägnar och än en gång föreslog jag att hon bara skulle be honom göra det hon ville.

»Nej, men jag har lagt ner det«, sade hon. »Han skulle aldrig gå med på det. Han är feminist.«

»Men om du verkligen förklarar att du vill det?«

»Jag har sagt att jag vill det. Flera gånger. Det är inte hans stil, säger han. Han är med i Fi.«

Jag tänkte på alla saker jag själv hade gjort för att någon man bett mig, som jag kanske inte betraktat riktigt som min stil men sedan kanske lärt mig tycka om – eller inte. Och jag kände mig övertygad om att det även gällde henne. Och jag kände mig deprimerad över det faktum att när män blev feminister så tycktes de ändå hitta sätt att beskära kvinnors sexualitet.

Vi blev tysta en stund. Min blick föll på en infravärmepelare och blev kvar där. Någon kom och ställde sig med oss och bad om eld och frågade varför vi såg så ledsna ut. På skämt, och på ett uppsluppet sätt, ställde personen frågan, men vi *var* ju ledsna. Ingen av oss orkade säga varför, att vi begrundade tragiken i det faktum att romanförfattarens nya kille, som hon var väldigt kär i, var feminist, vilket ju antagligen var en av anledningarna till att hon blivit kär i honom, men att han därför vägrade gå med på att förnedra henne lite lätt.

Jag såg på honom och tänkte att hon kunde ha fel, möjligen var han inte en bra man, bara det att hon inte visste det än. Hans vägran att göra vad hon ville var ju samma sorts styrkemanifestation och samma oresonliga sätt att göra den egna hållningen till regel och kvinnans till undantag. I deras relation skulle det här bli problemet, att hon ville detta. I en mängd andra relationer med män hade det varit ett problem att hon inte ville det.

Kanske skulle hon kunna göra det till en förnedring i sig. Kanske skulle hon kunna sluta sina ögon och egga upp sig över tanken på att han, som sade sig älska henne förvägrade henne det hon bad honom om. Jag hoppades att det skulle gå så. ■

ETT SURREALISTISKT UTBROTT
EN VILDSINT UPPGÖRELSE MED SPRÅKETS GRINDVAKTER
ANROPA
ROMAN · ALBERT BONNIERS FÖRLAG
MALIN AXELSSON
En ung författare dras med ut från sitt hotell av en apa med hatt och cigarr, till en stad där nyckfulla aplagar råder, och där allt fler apor ansluter.
EN DEBUTROMAN
AV MALIN AXELSSON
Foto © Sara Mac Key
AB
ALBERT BONNIERS FÖRLAG

GRANTA

SLAMPOR

Saskia Vogel

ÖVERSÄTTNING AV JOHANNE LYKKE HOLM

JAG VET INTE varför jag inte sa något till polisen när han lyste med sin ficklampa genom bilrutan. Min pojkvän och jag hade bråkat i timmar. Han hade klättrat ur dalar av tystnad mot toppar av ilska, och drämt mig mot de hårda ytorna i min bil, en Volvo, en av de säkraste i världen. När polisen frågade mig om jag var okej ville jag berätta allt för honom, men jag visste hur rädd min pojkvän var för poliser, och hur mycket han avskydde dem. Han växte upp med en pappa på rymmen. Det här var första gången han hade använt sina händer för att göra mig illa. Jag sa att jag mådde bra. Vi hade bara stannat till för att titta på stjärnorna. Kort efter att polisen hade gått körde jag honom hem, i tystnad.

Vi pratade i telefon nästa dag. Efter att han skällt ut mig för att jag nästan hade fått honom arresterad slutade vårt samtal på det vanliga sättet. Vi två för alltid, eller hur babuschka? Du är min drottning. Vi ska gifta oss, eller hur? Säg: Jag är din. Och precis som varje gång han frågade sa jag, Ja, vi ska gifta oss. Jag är din för alltid.

Hans ord omdefinierade mig: Jag var en slampa och han var den bäste man jag någonsin skulle få. Jag trodde att alla våra problem var mitt fel. Om jag bara kunde bli bättre, ändra sättet jag pratade med honom på, göra mig av med alla män i mitt liv som inte var min pappa, alla vänner som var för vilda, omoraliska, påstridiga, inte tillräckligt bra för mig, vilket var alla jag kände, skulle allt bli bra.

Samma dag packade jag en resväska och körde de sex milen från min lägenhet till en väns hus i Chatsworth, världens porrhuvudstad. Jag hade erbjudit mig att vakta hennes hus medan hon var ute och reste med jobbet. Hon bodde några få minuter från mitt nya kontor.

Min ovilja att trotsa trafikkaoset hade visat sig vara till min fördel. Jag hade också varit förutseende nog att inte ge honom min väns adress. Jag behövde inte svara när han ringde. Det här kunde bli min chans att bryta med honom för gott. När jag låste upp ytterdörren hälsade Moose, en döv Australian shepherd, på mig med ett vänskapligt brummande och buffade med sitt huvud mot mina knän. Det var omskakande att bli vidrörd igen, men jag lät Moose slicka mig i ansiktet och gnida nosen mot mig. Jag tappade upp ett bad, inspekterade min kropp i spegeln. Kontinenter av blåmärken bredde ut sig över min hud.

På morgonen, efter nästan ett år utan någon fast anställning, skulle jag börja på ett riktigt jobb. På en riktig tidskrift. Med upplärning på plats. Det var bra betalt, jag skulle kunna dra nytta av det jag lärde mig i framtiden. Det var ett stort steg närmare att få jobba heltid med att skriva. Och jag skulle snart lära mig allt jag inte visste att jag ville veta om porrbranschen.

När jag fick reda på att jag fått jobbet hade han varit glad för min skull. Han hade alltid stöttat mig i min karriär.

⋆

Trots att Los Angeles var brinnande hett var jag klädd för en kylig dag. En höghalsad, långärmad silkesblus, svarta jeans, svarta skinnstövlar. Jag drog hela tiden i mina ärmar, i ett försök att dölja nyanserna av senapsgult och grönt som hade krupit över mina händer under natten, som om det att skyla blåmärkena skulle dämpa den påtagliga känslan av att jag borde ha vetat bättre, att jag inte förtjänar respekt, att jag är en misslyckad feminist. Jag ville inte att mina nya medarbetare skulle känna till den här versionen av mig. Eller skulle jag passa in perfekt bland dem? Alla dessa offer för patriarkatet, alla dessa förnedrade kvinnor utan självkänsla.

Under den tid det tog mig att gå från parkeringen till entrén hann kläderna bli fuktiga och klibbade mot huden.

⋆

Medan min nya chef berättade om jobbet försökte jag sitta på den stoppade stolen på ett sätt som inte gjorde ont. Hon sa att de recenserade runt tre hundra filmer i månaden. Som redaktionschef skulle jag jobba med en grupp skribenter. Tidskriften tryckte nyheter om stjärnor, filmstudior, teknologi och lagar och rapporterade om trender i branschen. Nya talanger presenterades i en avdelning som kallades Fresh off the Bus. Jag föreställde mig majsgödda prom queens från småstaden som steg av vid piren i Santa Monica. Sväng vänster för Hollywood. Sväng höger för porrbranschen. Mitt jobb var att se till att allt material kom in i tid och att göra det färdigt för tryck.

Min chef – höggravid med midjelångt hår och sin lilla hund lufsande i släptåg – förde mig genom labyrinten av kontorsbås ut till ett lager. Vi gick förbi hylla efter hylla med DVD:er. Hon började plocka ner dem från hyllorna, och snart höll jag i en hög som nästan nådde upp till hakan. Galasäsongen var nära. Vi hade massor att kolla på.

»Tittar du på porr?«

»Bara det jag hittar på internet. Några killar på en båt?«

»Bang Boat?«

Det märktes att hon inte var något fan. Och jag tror att hon tyckte synd om mig.

»Du kommer att komma på vad du gillar«, sa hon.

Gillar? Det hade aldrig fallit mig in att utveckla preferenser när det gällde porr. Jag satte mig vid datorn när jag var kåt, och vid den första tydliga bilden av penetration var jag klar. Jag lade oftast mer tid på att stänga pop-up-reklam än på att titta. Jag återvände hela tiden till samma sida, eftersom jag snabbt kunde hitta den scen jag tyckte om.

*

Jag tror att de anställde mig eftersom jag hade sagt under intervjun att ingenting provocerade mig. Varken analfisting, cuckolding eller den minimala tidsluckan mellan att vara Barely Legal och MILF, varken strypsex, örfilar, spottande eller mäns tungor som användes som askfat. Eftersom det inte skulle störa mig att se kvinnor vänta på knä i en cirkel av runkande män, munnarna öppna som fågelungar, redo att fånga maskar.

⋆

I början tillbringade jag mina dagar på kontoret, och mina vardagskvällar tillbringade jag ensam i min väns trädgård, skalade apelsiner som jag plockat från hennes träd, tittade på stjärnorna tillsammans med Moose. På helgerna träffade jag ibland de personer jag var förbjuden att träffa, åkte och hämtade nya kläder från min lägenhet, och träffade honom. Jag skämdes över alltihop, över allt utom jobbet. En av de få dagar då min vän inte reste sa hon att jag fick stanna i hennes hus så länge jag hade lust, och att han under inga omständigheter var välkommen dit. Men vid det laget hade jag gett honom hennes adress, och vi hade lekt mamma-pappa-barn i hennes förortshem. När jag var ensam hatade jag mig själv för att jag hade lurat min vän, och för att jag inte klarade av att mota bort honom ur mitt liv. Men hur skulle jag kunna det? Det var som om jag bara kunde känna glädje när han fanns där som vittne. Det kändes som om jag aldrig skulle kunna uppleva lycka igen utan honom.

⋆

Jag var stolt över det jag jobbade med. Jag såg mig själv som en inkräktare, som en dag skulle kunna bidra till att öppna upp debatten om huruvida det finns en koppling mellan pornografi och våldtäkt och andra typer av våld mot kvinnor, och om porren verkligen har kapat vår sexualitet. Men säg till en man i en bar att du jobbar med porr och hans ögon förändras. Hans föreställning om vem du är och vad du är villig att göra kommer stöpt i en färdig form.

Mina föräldrar var glada över att jag hade ett fast jobb inom mitt yrkesområde, men denna milstolpe i mitt liv var något min pappa väjde för när våra släktingar från mellanvästern frågade hur det var med mig. Och han oroade sig. »Börja inte göra porr bara«, sa han mer än en gång. Han verkade tro att jag skulle bli uppfångad av en producent som besökte kontoret, en barnförbjuden version av Hollywood-sagan om de unga och hoppfulla som lyfts upp ur dunklet. Men producenterna behövde inte vara rovdjur. Tillräckligt många unga talanger erbjöd sig själva. Och jag hade vant mig vid att navigera i ett landskap som var långt mer hotfullt än porrbranschen. Jag visste inte vad jag skulle säga för att lugna min pappa, så jag himlade med ögonen, som om jag var tretton igen. Och hur som helst, pappa, jag är fel typ, sa jag. Mitt ansikte funkar inte i porr. Eller i Los Angeles, för den delen.

Under de månader då företaget tog hand om juryprocessen för priserna som skulle delas ut för prestationer inom porrfilmsindustrin, gled kvinnliga skådespelare in direkt från frisör- och manikyrbesök, godisfärgade, i en rad former och storlekar. De var bländande. Jag lade märke till männens blickar, lyssnade på tonen i deras gemensamma skratt. Och ja, självklart fanns det tjejer med mörka, kantiga ansikten som mitt, men de hade allihop något särskilt – det självförtroende man får av att försörja sig på sin kropp. Så länge de fanns på marknaden skulle någon vilja försvinna in i glömska genom dem.

På röda mattan vid en prisutdelning nyligen berättade en tjej för reportern att hennes vän hade trampat henne på lilltån med sin stilettklack. Huden hade gått upp, ett blodrött snitt, kameran zoomade in.

★

De kvinnliga skådespelarna påminde mig om min syster på balettundervisningen, de knep hon använde för att öva sina tår att uthärda att stå en-pointe, att dansa med blåsor, hur man gör den perfekta hårknuten. De tänjde ut sina hemliga kroppsdelar och visste hur man gjorde det säkrast, de blottade sin mjukvävnad. Ett par timmar innan inspelning åt de ingenting, eftersom de visste att deras kroppar skulle pressas, bli lutade mot, böjas och skakas. De tog lavemang innan analscener. Alla de andra stjärnorna visste vem deras kollega pratade om när hon nämnde en viss manlig skådespelare som tar viagra, och hur rött hans ansikte sedan blir när han kommer. De testades för könssjukdomar åtminstone en gång i månaden. De tog ledigt på grund av hemorrojder, på grund av blåmärken. Deras kroppar fick uthärda mycket, men de blev omhändertagna. Ingen kränkte någonsin medvetet deras kroppsliga integritet. Jag hatade att jag inte kunde säga samma sak om mig själv.

⋆

Min gravida chef pratade om sin partner och deras polyamorösa förhållande. Hon beskrev sin utvidgade kärnfamilj. Hon undrade hur dessa relationer skulle förändras när barnet kom. Hon var säker på att de kunde utvecklas ihop. Jag nickade, som om vi var i samma situation, som om jag också hade turen att vara i en relation där det fanns plats för mig att förändras och växa och som kunde rymma mina begär, men jag var avundsjuk.

Kanske var det därför jag plockade upp Erica Jongs *Rädd att flyga*. Kanske läste jag den för att den stod där i min väns bokhylla, och för att den var en feministisk klassiker som jag länge hade tänkt läsa. Jag ville inte nödvändigtvis ha ett polyamoröst förhållande eller ge mig hän åt knapplösa knull, men jag ville ha möjligheten att överväga sådana saker. Jag ville ha friheten att lära känna mitt begär. Men jag hade lovat att gifta mig med en man vars definition av kärlek var kvävande. Med honom hade begäret reducerats till en kugge i en våldsam maskin, en kontrollmetod, en uppvisning. Han kunde säga: Det är så här en man som respekterar dig ligger med dig; om någon gjort det på ett annat sätt hade han ingen respekt för dig. Jag började tro på honom. Mina orgasmer var önskningar om att hålla besten i schack.

Jag läste, virad runt en kroppskudde, medan Moose snusade på golvet, och det var första gången på länge som jag kunde höra mina egna tankar genom hans förolämpningars vita brus. Det här är det bästa du någonsin kommer få. Ingen annan kommer att vilja ha dig. Tur för dig att jag kan se förbi vilken slampa du är och älska dig ändå. Utan honom skulle jag vara ensam. När insikten slog mig kändes den som en kyss.

⋆

Har du kollat in Belladonna? Katsumi? Min chef var överraskad över att jag, efter att ha tittat på högar med DVD:er, inte hade fallit för något. De är hardcore, men man kan se att de verkligen njuter av det, sa hon. Det kändes som om jag borde vilja se andra kvinnor med makt knulla. Men jag var inte en kvinna med makt.

Till slut hittade jag Sasha Grey. Hon debuterade med ett brak 2006, precis efter sin artonårsdag. I sin första scen, i filmen *Fashionistas Safado*, en orgiastisk explosion av latex-couture, bad hon Rocco Sifreddi att slå henne i magen. Hon ville hitta en genväg till den sortens sexuella eufori som får en att tappa andan. Hon hade bestämt sig för att göra porr eftersom hon älskade att titta på det så mycket att hon bara var tvungen att vara med. Eftersom porren gav henne en plan för ett liv med större möjligheter än de hon kände fanns i småstaden hon kom ifrån. Hon var lika känd för att vara ful i mun och för sin förkärlek för sexuell förnedring, som för sin kärlek till franska Nya Vågen. Jag brydde mig inte. Jag tyckte bara om att se henne bli knullad. Hennes ögon var tomma, och jag valde att inte tro henne när hon sa att hon gillade det. Ta emot. Ta emot. Ta emot.

*

Det heter blowjob aldrig blow job. ATM är inte en automat där man tar ut pengar. Större kvinnor är BBW eller large and lovely, aldrig feta. CBT är inte kognitiv beteendeterapi. Ingen kunde förklara för mig varför Vince Vouyer stavar sitt namn så. Voyeur voyeur voyeur voyeur. De flesta recensioner som publicerades var bara ett par meningar, men recensenterna skickade in långa essäer. Jag strök ner dem, varierade och uppfann eufemismer för att språket skulle flyta på. Kvinnor var slampor och bröst var tuttar, pattar, tits och boobs. Alla berättelser hade ett lyckligt slut. Jag fann en tillflykt i den enkla världen. Genom recensionerna lärde jag också känna mina medarbetare.

Vissa av de mer garvade anställda verkade uttråkade och sökte sig till filmer med den typ av akrobatik man hittar på sexshower i Amsterdam. I en recension av en japansk girl-on-girl-film fokuserade skribenten på en bit toalettpapper som fastnat på en tjejs blygdläpp.

Vissa föredrog långfilmer: berättelser med manus och kvinnor som liknade Barbiedockor. De typiska porrklichéerna. Jag tänkte på dem som det »gamla gardet«. Deras smak var mainstream, men mainstream kändes daterat.

Vissa använde ett språk som hade en oljig glans, precis som den skam jag kände över att bara leta upp filmer där det inte verkade som om tjejen mådde riktigt bra.

Vissa hade arbetat sig upp under den sexuella revolutionen och porrens guldålder på sjuttio- och åttiotalet. Precis som ett antal allt mer synliga samtida skådespelare och pornografer såg de sig själva som oumbärliga i skapandet av ett sunt sexuellt samhälle. Jag betraktade dem som mina likar. Jag ville också hjälpa till att skapa en värld där alla kunde avgöra skillnaden mellan fantasi och verklighet.

*

Allting var SFW. Jag kittlades av hur normalt det var att titta på hårdporr vid skrivbordet, att trycka vibratorer mot nästippen för att testa deras styrka för recensionerna av sexleksaker jag skrev för en systertidning, och att för första gången i mitt liv titta, verkligen titta, på andra kvinnors vaginor, skaffa mig åsikter om dessa veck av kött och intima hårvårdsrutiner, för att sedan diskutera dem med mina medarbetare, i väntan på att godiset skulle falla ner i automaten i lunchrummet. En annan nyanställd stoppade mig i korridoren en dag. Han sa: »Googla vem som helst som kommer hit och du kan få se dem knulla.« Jag ville testa hans påstående, så jag hittade på en lek. Fem poäng om jag kunde hitta dem nakna. Tio om jag kunde hitta dem när de knullade. Han hade inte helt rätt, men det var nära.

En gång tittade jag på en video med en man som precis hade anmält sig i receptionen, när redaktören tog med honom till mitt bord för att säga hej. När jag ställde mig upp för att skaka hans hand över väggen på kontorsbåset var jag en tjej med en hemlighet. Jag var säker på att han kunde se det.

Jag hade glömt att begär också kunde vara lekfullt. Jag kom ihåg glädjen i att skapa egna språk tillsammans med kroppar i mörker.

Jag mindes hur ett enkelt förslag kunde få lusten att blomma ut. Jag började förstå att min impuls att se kvinnor bli påsatta på obekväma sätt, var en metod för att ta kontroll över den grymhet jag hade släppt in i mitt liv. Ju mindre jag träffade honom, desto mindre ville jag se kvinnor med utsmetad mascara kvävas. Jag började leta efter bilder som förmedlade rent, ohejdbart begär. Och det fanns massor att välja bland.

★

Jag fick skjuts till prisutdelningen i Las Vegas av Maurice, en kollega som spelade sina hiphop-låtar för mig och drömde om att slå igenom i Hollywood. Vi tog en paus på en rastplats som skröt med att ha världens högsta termometer, och jag svär på att jag såg ett spöke. En underlig man som satt ensam i en bil. Den sortens man som man skulle ha svårt att beskriva för polisen. Vit? Man. 20–40 år. Vanlig på alla sätt, som djävulen skulle se ut om han var verklig och vandrade bland oss. En påminnelse om att trots att blomman för dagen bär blommor, är den inget annat än seglivat ogräs.

I sin bil, flera timmar efter oss på ökenvägen, jagade mitt ex i mina spår och vägrade acceptera att det var slut. Slutgiltigheten i det hemsökte mig också. Vi var intrasslade i varandra. Att bli av med honom visade sig vara svårt, men jag gjorde så gott jag kunde. Jag skulle bli tvungen att fortsätta salta jorden, i hopp om att han skulle vissna eller slå rot någon annanstans, och att jag skulle anpassa mig och lära mig frodas.

Vegas var en ö av neon som krängde i mörkret. Det var det året som Jenna Jameson, då världens mest berömda porrstjärna, pensionerade sig med orden »Jag kommer aldrig, aldrig någonsin sära på benen i den här branschen igen. Aldrig!«, bara för att göra comeback sex år senare. På röda mattan var de kvinnliga skådespelarna papegojblommor med sotiga ögon. Var och en bara en blomma i denna trädgård, som låter såväl de urartade som de självrättfärdiga gro. Allting har möjlighet att växa, så vi måste välja vad vi ska vårda, vad vi ska gallra bort. ■

GRANTA

VAD TREVLIGT ATT FÅ EN ORKIDÉ

Henriikka Tavi

ÖVERSÄTTNING AV ANNA MYLLYNEN

I STÖRRE DELEN AV SITT LIV hade hon lyckats låta bli att tänka på hur det skulle vara att ha en penis i fittan, att det var en del av livet som människa, för konstigt nog var det så, det hade hon hört.

En vän avslöjade att hon redan hade gjort sådana saker den där kvällen när de satt på klippan i solnedgången och hon såg strålande vacker ut fast hon hade på sig en för kort illasittande kjol och benen bara var strumpbyxa, flera gånger till och med sa hon. En gång med Antti, berättade vännen och berättade också att hon hade besökt simhallen med en tampong där nere.

Vetskapen gjorde henne lite besvärad, typ att hon också förväntades börja göra något med fittan. Nu när hon visste att sådant hände var hon tvungen att vänja sig vid tanken. Hon var bara van vid att kissa med den.

Men hon ville börja hålla på med pojkar. Samma kväll sov hon bredvid en pojke med en båt. Eller han kanske var mer av en man. Fyllan skyddade hennes fitta den gången. Den kan ha fått påhälsning av en hand men handen hade inte rotat runt alltför mycket. Ett enstaka finger kan ha slunkit in. Det kändes knappt. Det kändes inte skönt heller.

Morgonen efter kände hon sig ändå hyggligt tafsad på. Tänk att han, hon kom inte ihåg hans namn, kanske Pasi, hade bjudit med henne till sin båt för att sova. Hon gillade att bli medbjuden. Andra gången hon sov med en full pojke var på Sverigefärjan, fatta vad stolt hon var då hon kravlade ut ur hytten på morgonen. Havet omgav både båten och Sverigefärjan.

Ett par år senare var hon inte längre den ständiga singeln. Hon var som en ballong som hade fyllts av luft. En enda gång hade en penis förts in i hennes fitta, men den hade tagits ut ganska snabbt. Det var hon som hade föreslagit det och hon tyckte inte att en proportionerlig pojkkropps penis i horisontellt läge i duschen hade känts alltför hemskt.

Hon visste mycket väl att det hörde till och ville så snabbt som möjligt träda in i den värld där de invigda i förenandet av penisar och fittor levde. Hon visste att det var det som krävdes för att komma någonvart. Havet var täckt av is och behövde brytas. Så kom man ut i kallt vatten. De skulle börja ha sex så fort inflammationen i fittan gick över.

När det till slut blev en del av livet brydde hon sig inte längre om att hålla räkning, vare sig när det gällde längd, frekvens eller något annat i den stilen. Det hände till och med att hon glömde bort det. Den som hon var med rörde sig lidelsefullt, han böjde sin slanka kropp både sidledes och framledes som en orm. När hon älskade med sin pojkvän hände det att hon började fundera över hur det kom sig att det kunde kännas något i fittan. Ibland pirrade det i den.

Förhållandet varade inte för evigt, men hon tyckte om idrott. På gymmet, där fanns krämer och duschtvålar och schampon framställda. I duschen tänkte hon oj vad fint de andra flickornas välvårdade fittor smälter in i deras vältränade kroppar, kan mitt hål där bakterier trivs och som täcks av ett vildsvins strävhåriga päls också göras så fin.

Livet var sådant att det lätt glömdes bort. Då och då, samtidigt som hon läste tidningen, eller åt, fingrade hon på stället som andra kallar för orkidé. Ganska ofta rörde hon även vid brösten samtidigt som hon sysslade med något annat. Hon kunde fundera på om hon skulle ta spårvagnen eller bussen ner på stan och samtidigt pilla fram bröstvårtorna ur sina gömmor.

Hon gjorde det i förbifarten, på ett vant och sakligt sätt när hon var ensam, och hon förknippade det med nyfikenhet. Hur känns egentligen en handfull av henne, och tog förstrött ett grepp om magen. Ibland frågade sambon: När placerar du din fitta runt min penis igen jag måste koncentrera mig för att kunna vara i den ställningen samtidigt som jag trixar med den men det går bättre för varje gång. Hon hade inte den blekaste om hur hon hade hamnat i det här förhållandet.

Hennes vän berättade att det är trevligt när det kommer barn därifrån, man kan sätta sig på huk och det är lite som att springa maraton, det skulle hon vilja prova på. Läkaren sa dessutom till henne att det förmodligen är en cysta och inget allvarligare, låt den växa, och kort därefter hittade hennes fingrar liksom en liten snäcka eller ett skal en bit längre in i hennes inre. ■

"Jag vill hellre vara en dålig feminist än ingen feminist alls."
En hyllad essäsamling om att bland annat gilla hiphop trots sexistiska låttexter.
Bad Feminist
Roxane Gay
Albert Bonniers Förlag
Översättning Helena Hansson
"En enastående ny kulturkritiker."
Washington Post
"En underhållande och tankeväckande essäsamling."
Time
© Jay Grabiec
AB
ALBERT BONNIERS FÖRLAG

GRANTA

HÄR HÄNDER INGENTING

Ottessa Moshfegh

ÖVERSÄTTNING AV CHRISTIAN EKVALL

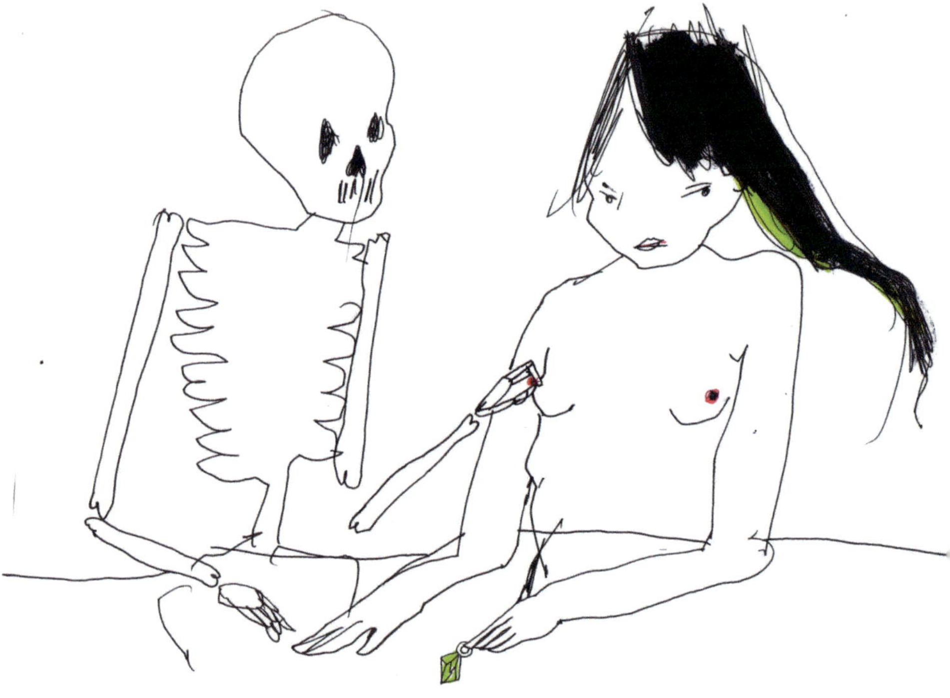

HUSET VAR EN ENPLANSVILLA med vit stuckatur, höga häckar och en stor halvcirkelformig uppfart. På baksidan fanns en förfallen pool märkt av rostfläckar och fylld med döda ekorrar som hade ramlat ner och sakta svultit ihjäl. Jag brukade sitta på en solstol där ute innan provspelningar och bättra på brännan och fantisera om att bli rik och berömd. Mitt rum hade en grön, långhårig ryamatta, en dubbelsäng med ram i plywood och ett litet nattduksbord med en barnlampa i form av en clown. Ovanför sängen hängde en gammal inramad plansch med bild på Marlon Brando i *Revansch*. Den borde jag kanske ha läst mina böner inför, men jag hade aldrig hört talas om Marlon Brando. Jag var arton. Jag bodde i ett område i Los Angeles som heter Hancock Park: välskötta trädgårdar, stora glänsande hus, dyra bilar och ett klubbhus. När jag promenerade omkring på de där fridfulla gatorna kändes det som att vara med vid inspelningen av en såpopera om privatlivet hemma hos högt uppsatta chefer och deras sexiga fruar. En dag hoppades jag få spela huvudrollen i en sådan. Jag hade fått lite erfarenhet av skådespeleri i high school, först genom rollen som George i *Vår lilla stad* och därefter som Romeo i *Romeo och Julia*. Jag brukade få höra att jag såg ut som en rödblond Pierce Brosnan. Jag var utfattig och helt okänd, men lycklig.

Under mina första månader i Los Angeles levde jag på sockrade munkar och apelsinläsk, pommes frites från Astro Burger och en och annan joint på gammalt gräs som jag fått i examenspresent av min styvfar hemma i Utah. De flesta dagar tog jag bussen runt i Hollywood med Eagles i min freestyle och fantiserade om hur livet tedde sig för alla de där människorna högt uppe bland kullarna. Jag gick längs Rossmore Avenue, som bytte namn till Vince när man kom till

Hollywood, och sedan tog jag en expressbuss som körde tvärs igenom stan på Santa Monica Boulevard. Jag tyckte om att sitta bland alla de där ungarna i sina skoluniformer, de förrymda tonåringarna i sina trasiga kläder och skinnjackor, knäppskallarna, fyllona, hushållerskorna med sina kärleksromaner, de spottande gamla gubbarna och hororna med sin hårsprej. Det var oändligt fascinerande i mina ögon. Jag hade aldrig sett sådana människor förut. Ibland studerade jag dem på det sätt som en skådespelare skulle ha gjort, la märke till deras kroppsställningar, deras flinande eller sovande ansikten, men jag var inte vidare begåvad. Jag var observant, men ingen bra skådespelare. När bussen var framme vid stranden steg jag av och sprang upp och ner för trappan som ledde från gatan ner till stranden. Sedan brukade jag ta av mig min T-shirt, lägga mig i sanden, sola och titta på vattnet en stund och ta bussen hem igen.

På kvällarna jobbade jag som diskplockare på en pizzeria på Beverly Boulevard. Det kom aldrig in några viktiga personer. Jobbet gick mest ut på att bära ut brödkorgar och karaffer fyllda med lådvin, plocka upp pizzakanter och flottiga servetter. Jag åt aldrig maten där. Det var på något sätt under min värdighet. Om jag var ledig och det var match tog jag bussen ut till Dodger Stadium och gick omkring där utanför bara för insupa stämningen i publiken, uppståndelsen. Jag brukade sätta mig på en liten klippa i Elysian Park en liten bit därifrån och höra på publikens jubel och titta på trafiken ute på motorvägen, bergen och den blekgrå, sandiga terrängen. Med alla fula smågator i ravinen nedanför såg Los Angeles ut som vilken stad som helst. Det fick mig att sakna Gunnison. Ibland rökte jag en joint och promenerade omkring bland de vajande eukalyptusträden och kikade in i bilarna som stod parkerade längs brandgatan. I skrotfärdiga bilar i skuggan av träden satt loja mexikaner och stirrade ut i tomma intet. Medelålders män i solglasögon askade genom de öppna bilrutorna när jag gick förbi. Jag hade mina aningar om varför de satt där. Jag besvarade inte deras blickar. Jag höll mig utanför skogen. Ensam där hemma ägnade jag min uppmärksamhet åt vad som råkade visas på teve. Jag hade en jätteliten svartvit Toshiba. Det var den första »stora« sak jag köpt för egna pengar hemma i Gunnison och det dyraste jag ägde.

Hyresvärdinnan hette mrs Honigbaum. Hon måste ha varit närmare sjuttio när jag bodde där. Hon bar en kort mörkblond peruk och stora guldbågade glasögon. Hon hade långa, rosamålade lösnaglar. När hon gick omkring i huset, kutryggig, bar hon en glansig vadderad morgonrock. Men oftast satt hon bakom skrivbordet i en ärmlös blus och gestikulerade vilt med sina fräkniga armar och drog ut Kool-cigaretter ur ett fodral i präglat läder. Hon hade jättestora öron och jättestor näsa och huden i hennes ansikte var sträckt upp mot tinningarna så att hon alltid såg häpen ut. Sminket hon använde var som teatersmink eller sådant man sminkar ett lik med inför en begravning med öppen kista. Hon sminkade sig hårdhänt med breda blå, rosa och bronsfärgade streck. Ändå tyckte jag inte att hon var oattraktiv. Jag hade aldrig träffat en jude eller judinna eller någon intellektuell över huvud taget under alla år hemma i Gunnison.

Mrs Honigbaum hyrde ut rum i sitt hus för fyrtiofem dollar i veckan till unga män som hade kommit i kontakt med henne via en illa beryktad talangscout – min agent. Fyrtiofem dollar i veckan var inte billigt på den tiden, men det var min agent som hade ordnat med saken och jag kom inte med några invändningar. Agenten hette Bob Sears. Jag träffade honom aldrig personligen. Jag hade hittat honom genom att ringa upp telefonisten hemma i Gunnison och be att få tala med en talangscout i Los Angeles. Bob Sears antog mig som »obesedd« klient eftersom jag, menade han, lät snygg och amerikansk i telefon. Han sa att när jag väl hade fått några enstaka småjobb i bagaget skulle jag kunna börja visa upp produkter i tävlingsprogram, sedan medverka i riktiga reklamfilmer, göra småroller i såpoperor, därefter sitcoms och slutligen i dramaserier på bästa sändningstid. Snart skulle Scorsese knacka på dörren, sa han. Jag visste inte vem Scorsese var, men jag trodde på honom.

När jag väl kom till stan ringde jag Bob Sears nästan varje vardagsmorgon för att få veta var och när det skulle hållas provspelningar. Mrs Honigbaum lät mig använda telefonen i hennes sovrum. Jag tror att jag var den ende av hennes hyresgäster som fick det privilegiet. I sovrummet var det mörkt och fuktigt och genom de tonade glasdörrarna hade man utsikt över poolen. Ena väggen var täckt av speglar. Allting luktade vanilj, munvatten och malkulor. Uppe på byrån stod ett hundratal glasflaskor med parfym och magiska drycker och serum som jag gissade var tänkta att bevara hennes ungdom. På golvet låg ett zebraskinn och på sängen ett glansigt och blommigt överkast. I taket hängde en gul kristallkrona. När dörren till badrummet stod öppen såg jag hudfärgad marmor och ett bord belamrat med smink och borstar och kajalpennor och ett kalt dockhuvud i styrenplast. Spegeln var inramad av glödlampor precis som i en teaterloge. Det gjorde stort intryck på mig. Jag brukade gå in och betrakta mitt ansikte i det där ljuset, men bara en liten stund åt gången. Jag ville inte riskera att bli påkommen. Medan jag hade Sears i telefonen kunde städerskan ibland komma in med rena handdukar och samla upp de hopskrynklade läppstiftskletiga näsdukarna som låg i papperskorgen intill sängen. Den gamla telefonen hade nummerskiva och numren var nötta och flottiga och luren luktade dålig andedräkt. Lukten besvärade mig inte. Faktum är att jag gillade allt som hade med mrs Honigbaum att göra. Hon var snäll. Hon var generös. Hon smickrade mig och lirkade med mig så som en mormor skulle göra.

Bob Sears hade sagt att jag behövde ett bra porträttfoto, så innan jag lämnade Gunnison bad jag mamma skjutsa mig till köpcentret i Ephraim så att jag kunde bli fotograferad. Jag hade amblyopi och var skelögd, så jag fick inte ta körkort. Hon var irriterad på vägen dit, suckade och trummade på ratten vid varje rödljus, klagade på hur sent det var, på hur hårt hon hade arbetat hela dagen och på köpcentret som gav henne huvudvärk. »I Hollywood har de väl chaufförer som kör runt dig överallt och tjänare som lagar mat åt dig«, sa hon. »Och betjänter som plockar upp dina smutsiga kalsonger efter dig. Är det så du vill ha det? Ers höghet?«

»Jag åker till Hollywood för att arbeta«, påminde jag henne. »Som skådespelare. Det är ett jobb. Det är på riktigt.«

»Jag förstår inte varför du inte kan bli skådespelare här i stället där alla känner dig. Här är du älskad av alla. Vad är det som är så hemskt med det?«

»Problemet är att ingen här vet ett förbannat dugg«, förklarade jag. »Så vad de tycker spelar ingen roll.«

»Fortsätt bita den hand som föder dig och en dag kommer den att slå dig i ansiktet«, sa hon. »Det går tretton på dussinet av pojkar som du där ute. Tror du att storfräsarna i Hollywood kommer att ställa sig på kö för att få knyta dina skor, eller? Tror du att du har sådan tur? Vill du leva ett enkelt liv? Åka rullskridskor på stranden? På eder äro till och med huvudhåren allasammans räknade. Glöm inte det.«

Det var sant att jag ville leva ett enkelt liv. Jag tittade ut genom fönstret, såg på de små husen, de stora slätterna, himlen som skiftade i lila och orange, de honungsfärgade ljusstrimmorna som sköt ut över bergen i väst där solen var på väg ner. »Här händer ingenting«, sa jag.

»Så de där fyrverkerierna över dammen var ingenting, då? Och inte heller biblioteket där du aldrig satt din fot? Och de där lärarna som jag fick böna och be till för att de inte skulle ge dig underkänt, är du smartare än de, kanske? Smartare än lärarna?«

»Nej«, sa jag. Jag visste att jag inte var smart. Skådespelaryrket kändes som ett passande karriärsval för någon som jag.

»Du lämnar din syster i sticket, och Larry«, sa mamma. »Ja, jag säger då det. Se bara till att inte bli mördad. Eller bli det, om du så vill. Det är ditt liv.« Hon vred upp volymen på radion. Jag teg under resten av färden.

Det hade egentligen inte varit något större fel på mitt liv i Gunnison. Jag hade varit populär och haft roligt och ständigt haft söta tjejer springande efter mig. I high school var jag rena rama kändisen: utnämnd till klassordförande och kung på skolbalen. Jag hade framröstats till »högst tippad att nå framgång« trots att jag hade usla betyg. Jag hade kunnat stanna i Gunnison, skaffa jobb på fängelset, arbeta mig upp och gifta mig med vilken tjej jag ville, men det var inte den sortens liv jag ville leva. Jag ville bli en stjärna. Den närmaste biografen låg i Provo, en och en halv timmes resa hemifrån. Jag hade sett *Rocky* och *Stjärnornas krig* där. Allt annat jag sett hade jag sett på någon av de tre tevekanaler vi hade i Gunnison. Jag var inte vidare förtjust i filmer. Det verkade jobbigt att spela i något som pågick så länge. Jag tänkte att jag kunde flytta till Hollywood och ta en roll i stil med den coola storebrorsan i *Eight is Enough*. Och senare kunde jag spela någon som Starsky i *Starsky och Hutch*.

Allt detta berättade jag för fotografen på köpcentret. »Jag brukar få höra att jag ser ut som Pierce Brosnan«, sa jag. Han sa att han höll med om det och räckte mig sedan en billig plastkam och bad mig sätta mig ner och vänta på min tur. Jag minns småbarnen och bebisarna i sina finkläder i väntrummet, hur de grät och tjatade på sina mödrar. Jag kammade mig och övade på ansiktsuttryck framför spegeln som hängde på väggen. Mamma gick in på Rydell's och kom tillbaka med ett nytt strasskärp på sig. »Nedsatt pris«, sa hon. Jag misstänker att hon hade snattat det. Hon brukade snatta när hon var på dåligt humör. Sedan slog hon sig ner bredvid mig och läste i People och rökte. »Se inte för glad ut«, sa hon när det blev min tur att fotograferas. »Du får inte framstå som desperat.«

Min mamma, alltså. En vecka senare skjutsade hon mig till busshållplatsen. Klockan var inte ens fem på morgonen och hon hade fortfarande sin vinröda sidennegligé på sig och papiljotter i håret och hade dragit på sig en jeansjacka över de solbrända axlarna. Hon körde långsamt på de öde gatorna, gled förbi rödljusen som om de inte existerade och förblev tyst som en mus. Till slut stannade hon bilen och tände en cigarett. Jag såg en tår trilla nerför hennes kind. Hon tittade inte på mig. Jag öppnade bildörren. »Ring mig«, var det enda hon sa. Jag lovade att göra det. Jag såg henne göra en U-sväng och försvinna i väg.

Gunnison var mest öde fält och långa grå vägar. Om kvällen såg man ljusen från fängelset i norr, och i öst och väst låg bergen som liknade sovande vargar. Allt söderut var ett mysterium för mig. Det längsta jag hade åkt på Highway 89 var till flygplatsen och det var bara för att se en flyguppvisning där en gång när jag var liten. Jag hade aldrig ens varit utanför Utah innan jag flyttade till Los Angeles. Jag somnade på bussen med min lilla Toshiba under fötterna och vaknade i Cedar City av att en tjock man klev på och slog sig ner bredvid mig. Han tryckte in mig mot fönstret och satt och kedjerökte i tre och en halv timme och hans kropp förde ett väldigt oväsen varje gång han hostade. I bussens dunkel reflekterades ljusstrålar i hans spegelglasögon som var fläckiga av flottet på hans fingrar från munkarna han åt. Jag såg honom plocka upp de små smulorna från vecken i skrevet och sedan slicka på fingrarna. »Edens lustgård«, sa han. »Har du varit i Las Vegas?« Jag skakade på huvudet. Alla pengar jag ägde i världen låg hopvikta i framfickan på mina jeans. Bulan där gjorde mig generad. »Jag åker dit för att spela poker«, sa mannen ansträngt.

»Jag är på väg till Hollywood för att bli skådespelare«, sa jag. »I teveserier eller filmer.«

»Så ska det låta«, sa han. »Ju sämre odds desto högre utdelning. Men det kräver mod. Det är därför jag inte spelar roulett. Inte tillräckligt modig.« Han hostade och hostade.

Det gjorde mig glad att höra. Jag var modig. Jag var tapper. Jag var inte som vem som helst. Jag hade stora drömmar. Och varför skulle jag inte ha det? Mamma visste inte vad det innebar att ha riktiga ambitioner. Morfar var vaktmästare. Morfars far hade varit bonde. Mormors far hade jobbat som präst i fängelset. Jag skulle bli den förste i en släkt full av förlorare att göra något vettigt av mitt liv. En dag skulle jag följas av en kortege vart jag än åkte och hela världen skulle veta vem jag var. Jag skulle skicka hem checkar. Jag skulle skicka hem signerade planscher från filmer jag spelat huvudrollen i. Jag skulle ge mamma en päls och diamanter i julklapp. Då skulle hon ångra att hon en gång tvivlat på mig. Vi åkte genom Nevada och öknen var blank som en suddgummifläck på en karta. Jag stirrade ut genom fönstret, fantiserade och bad till Gud. Den tjocke mannen smekte mitt lår flera gånger, kanske oavsiktligt. När vi kom till Las Vegas steg han äntligen av och en svart gammal dam klev på och tog hans plats.

Hon fläktade med ena handen i den rökfyllda luften. Hon bar vita handskar. »Aldrig mer«, sa hon och tog upp en bibel i pocketformat.

Jag satte på mig hörlurarna och sysselsatte mig med den vanliga bönen: »Kära Gud, gör så att jag blir rik och berömd. Amen.«

Mrs Honigbaum var skribent. Hennes skvallerspalt, »Sikta mot stjärnorna«, fanns att läsa i ett cirkulär med rabattkuponger som kom ut en gång i veckan och delades ut gratis på köpcenter och biltvättar och tvättomater runt om i stan. Det skvaller hon rapporterade var föga originellt: vem har förlovat sig, vem har fått barn, vem har tagit livet av sig och vem har fått sparken. Hon skrev även cirkulärets månatliga horoskop. Hon sa att det var lätt att stjäla spådomar från gamla dagstidningar och kasta om orden lite grann. Det var trams, alltsammans, sa hon.

»Vill du se på voodoo? Kolla här.« Hon tog sin portmonnä ur en byrålåda och fiskade fram en cent. »Din första intjänade cent som skådespelare. Betald av mig. I gengäld vill jag ha ett leende.« En gång fick hon mig till och med att signera ett av mina foton och lovade att inte sälja det ens när det blev värt miljoner. »Bli inte för fäst vid vem du är«, sa hon. »De kommer naturligtvis att tvinga dig att byta namn. Här har ingen sitt riktiga namn. Mitt riktiga namn var Yetta.« Hon fick nästan skrika för att överrösta oljudet från sina teveapparater. »Det finns ingen här som kallar mig det. Yetta Honigbaum, kan du tänka dig det? Först var jag Yetta Goslinski. Mr Honigbaum …« Hon pekade på en liten guldurna uppe på dokumentskåpet. »Nu har jag ingen släkt att tala om. De flesta gasades ihjäl av nazisterna. Har du hört talas om Hitler? Han hade hjärnan men inte musklerna, så att säga. Det var därför han blev galen. Jag hade tur. Jag flydde till Hollywood precis som du. Välkommen, välkommen. Jag lärde mig engelska på sex dagar genom att läsa veckotidningar och lyssna på radion. Det är att ha hjärna, det. Och tro det eller ej, jag var mycket vacker en gång i tiden. Du kan kalla mig Honey. Det är ett ensamt liv.«

Hon sa att hon inte trodde på ödet eller på magi. Hon trodde på hårt arbete och tur. »Tur och hårt arbete. Utseende och intelligens. I den här stan är det sällan man får två till priset av en.« Jag minns att hon sa detta till mig samma dag som jag flyttade in. »Att du är snygg kan vilken idiot som helst se. Men är du någorlunda smart också? Är du åtminstone förnuftig? Det har betydelse här. Det kommer du att märka. Har du sett det här?« Hon höll upp en tunn tidskrift på vars omslag Jack Nicholson petade sig i näsan. »Det här är bra. Det här är intressant. Folk älskar att se kändisar visa upp sina sämsta sidor. Det är så man tar ner stjärnorna på jorden, där de hör hemma. Hör här. Tappa inte förståndet. Jag måste varna dig för att det finns sekter i den här stan, somliga bättre än andra. Om någon ber dig att öppna en åder så gå därifrån. Hör du det?« Hon tvingade mig att fylla i en blankett och skriva min namnteckning på ett papper där det stod att om någonting hände mig, om en tragedi inträffade, skulle hon inte ta något ansvar. »Jag vet inte vad ni får lära er i Utah, men här skulle självaste Jesus bli girig. Frimurarna, satanisterna, CIA, det är samma sak med alla. Mig kan du prata med. Jag är en av de goda. Och ring din mamma«, sa hon.

Jag hade ingen lust att prata med mamma. Jag tog en mintpastill ur kristallskålen som stod på mrs Honigbaums skrivbord. »Jag och mamma kommer inte så bra överens«, sa jag.

Mrs Honigbaum la ifrån sig sin penna. Axlarna sjönk ner. Jag kunde se korta grå testar från hennes riktiga hår sticka ut under peruken i pannan. De djupa rynkorna på hennes kinder pryddes av tätsittande svettpärlor som var mörka av smink. »Tror du att du är den förste att känna så? Min mamma var en pina. Hon slog mig gul och blå och tvingade mig att tugga på tvålar så fort jag käftade emot. Hon tvingade mig att gå flera kilometer i regnet bara för att plocka några plommon från ett träd åt henne och sedan slog hon mig för att de var fulla med mask. Och ändå sörjer jag hennes bortgång. Jag är en vuxen kvinna, men jag gråter fortfarande. Man har bara en mor. Min svälte de till döds och slängde i en grav full av ruttnande lik. Du ska vara glad att din mamma lever. Om jag var kristen skulle jag ha gjort korstecken nu. Gå och ring henne med detsamma. Du vet att hon älskar dig.« Och ändå ringde jag inte.

Jag kände mig trygg hemma hos mrs Honigbaum. Jag litade på henne. Hon sa att det bara hade skett en enda incident där. En tjej hade stulit en av hennes ringar. »Det var en rubin, min mammas månadssten«, sa hon dystert. Det var anledningen till att det var förbjudet att ta hem gäster. Jag hade lås på min dörr men använde det aldrig. Det fanns en gästtoalett som alla hyresgäster delade på. För att duscha var vi tvungna att boka tid på en lista som var uppsatt i hallen. Mrs Honigbaum skvallrade aldrig om de andra hyresgästerna, men jag hade ändå en känsla av att det var mig hon tyckte bäst om. En av de andra gjorde en av rösterna i en tecknad teveserie som jag aldrig hade hört talas om. Han gick barfota och med bar överkropp och gurglade ständigt och pratade i falsett för att hålla stämbanden i form. En annan var en man i trettiofemårsåldern, vilket var en mycket hög ålder som jag såg det då. Han spärrade alltid upp ögonen som om han hade sett något ofattbart. Följaktligen hade han djupa veck i pannan. En gång såg jag honom bära ut en tavla till sin bil. Det var ett porträtt av Dracula. Han sa att en vän skulle låna den till en musikvideo. En tredje hyresgäst försökte bli makeup-artist. Han bar alltid flip-flops och jag kunde höra klapprandet från dem när han vandrade fram och tillbaka genom hallen på de märkligaste tider. En gång kom jag på honom när han stod naken framför det öppna kylskåpet och tryckte in sitt kön i den kalla luften. När jag harklade mig vände han sig bara om och gick klapprande tillbaka genom hallen.

Mitt rum låg vägg i vägg med mrs Honigbaums kontor, så från morgon till kväll kunde jag höra kändisnyheter strömma från hennes sex eller sju teveapparater. Jag stördes inte så mycket av ljudet. Varje morgon när jag passerade hennes öppna dörr på väg mot duschen satt hembiträdet och sprejade mattan där pudeln hade bajsat. Högar med gamla skvallertidningar fladdrade i luften från en jättestor fläkt. Pudeln var gammal och pälsen gulnad med rödaktiga fläckar så att det såg ut som om den blödde. Den ställde alltid till med »badrumsolyckor«, som mrs Honigbaum kallade dem. Varje gång hembiträdet Rosa såg mig med bar överkropp höll hon för ögonen. Mrs Honigbaum satt vid sitt skrivbord och stirrade på sina teveskärmar, svettades och gjorde anteckningar. Hon tycktes aldrig gå och lägga sig.

»God morgon«, sa jag.

»Vilken ljuvlig syn«, utbrast mrs Honigbaum. »Rosa, är han inte vacker?« Rosa verkade inte förstå engelska. »Åh! Mitt klimakterium«, sa mrs Honigbaum och hivade in bariumtillskott mellan raderna av löständer. »Tack för att du påminde mig. Se på dig själv.« Hon skakade på huvudet. »Folk kan få för sig att jag driver en bordell. Gå och drick lite lemonad. Jag insisterar. Rosa. Lemonad. Donde está la lemonad?« Med tanke på alla gånger jag blev avvisad på provspelningar var det skönt att komma hem och få vara någons favorit.

En eftermiddag när jag kom in efter att ha solat mig frågade mrs Honigbaum om jag ville äta middag med henne. Klockan var bara fem. »Jag skulle få en middagsgäst så Rosa har lagat mat, men nu har det visat sig att han inte kommer. Var snäll och gör mig sällskap så att vi slipper slänga maten.« Jag var ledig för kvällen, så jag tackade gladeligen ja. Köket var inrett i mörkt trä med orangea bänkar och ett kylskåp stort som en Buick. På den vita bordsduken var det fullt av ringar från kaffekoppar. »Varsågod och sitt«, sa mrs Honigbaum och tog ut köttfärslimpan ur ugnen. Grytvantarna såg ut som boxningshandskar på hennes små knotiga händer. »Berätta nu allt för mig«, sa hon. »Har du haft några provspelningar i dag? Gjort några framsteg?«

Jag hade tillbringat större delen av dagen på bussen till Manhattan Beach där Bob Sears hade sagt att en snubbe väntade mig i sin lägenhet. Jag kom sent och ringde på dörrklockan. En svart man på cirka två och femton kom och öppnade. Han ryckte åt sig mitt porträtt, drog in mig i lägenheten, tog en polaroidbild av mig i bar överkropp, gav mig sitt visitkort och en burk 7-Up och knuffade ut mig genom dörren. »Det var ett kort möte«, sa jag till mrs Honigbaum. »Jag fick inte läsa så många repliker.«

Hon la ett bordsunderlägg i halm framför mig och släppte ner besticken så att de klingade. »Det gläder mig att höra att det gick så bra. Somliga har det svårare. De tar saker och ting alltför personligt. Det är därför jag vet att du kommer att lyckas. Du är hårdhudad. Gör bara inte samma misstag som jag«, sa hon. »Bli inte kär i någon. Kärleken fördärvar. Det släcker ljuset i ögonen. Ser du?« Hennes ögon var små och suddiga och begravda under de rynkiga blåskuggade ögonlocken och de pälslika lösögonfransarna. »Döda«, sa hon. Hon pekade upp mot taket. »Varje dag sörjer jag.« Hon harklade sig. »Nu så, hugg in.« Hon kom tillbaka till bordet med en stor bit köttfärslimpa på min tallrik. Jag hade inte ätit ett mål hemlagad mat sedan jag lämnade Gunnison, så jag slukade den snabbt. Själv åt hon lite keso ur en djup tallrik. »Det där är bovetegröt«, sa hon och pekade på en kastrull som stod och kokade på spisen. »Jag skulle kunna erbjuda dig lite, men jag vet att du skulle avsky den. Den smakar katt. Jag lagar den på kvällen och äter den till frukost, kall och med mjölk till. Jag är en gammal dam. Jag äter inte mycket. Men ät du så mycket du bara orkar. Och berätta mer. Vad sa Bob? Han måste vara mycket stolt över dig, med allt som du tar dig för. Jag hoppas att du ringer din mamma.«

Jag hade fortfarande inte ringt hem till mamma. Vid det laget hade jag varit i Los Angeles i flera månader.

»Min mamma vill inte prata med mig. Hon vill inte att jag ska bli skådespelare. Hon tycker att det är slöseri med tid.«

Mrs Honigbaum la ner skeden. Lösögonfransarna kastade spindellika skuggor över hennes hårt spända, rougetäckta kinder under det skarpa skenet från lampan som hängde över köksbordet. Hon skakade på huvudet.

»Din mamma älskar dig«, sa hon. »Hur skulle hon kunna låta bli att göra det? Se på dig själv!« sa hon och höjde armarna i luften. »Du ser ut som en ung grekisk gud!«

»Hon skulle bli gladare om jag kom hem. Men inte ens om jag gjorde det skulle hon älska mig. För det mesta står hon inte ut med mig. Hon blir arg på mig vad jag än gör. Jag tror inte ens att hon skulle bry sig om jag dog. Det finns ingenting jag kan göra åt saken.«

»Det är omöjligt«, utbrast mrs Honigbaum. Hennes ringar klingade när hon knäppte händerna som för att be. »Alla mödrar älskar sina söner. Säger hon inte att hon älskar dig?«

»Aldrig«, ljög jag. »Aldrig någonsin.«

»Då måste hon vara sjuk«, sa mrs Honigbaum. »Min mamma tog nästan livet av mig vid två tillfällen och ändå älskade hon mig. Det vet jag att hon gjorde. 'Yetta, förlåt mig. Jag älskar dig. Men du gör mig arg.' Det var det hela. Har din mamma problem med spriten? Har hon något problem i den stilen?«

»Det vet jag inte«, sa jag. »Hon hatar mig bara, helt enkelt. Hon sparkade ut mig«, ljög jag. »Det var därför jag kom hit. Jag tänker att skådespeleriet vore ett bra sätt att försörja mig på eftersom jag inte kan åka hem. Och min pappa är död.« Det var sant.

Mrs Honigbaum suckade och rättade till peruken som hade hamnat snett av allt gestikulerande. »Jag vet hur det är att vara föräldralös«, sa hon allvarligt. Så reste hon sig från stolen och gick fram till mig, och medan hon gjorde det släpade hon ärmen på sin morgonrock över bordsskivan och slog omkull salt- och pepparkaren som var formade som dansande älvor. »Stackars pojke. Du måste vara mycket rädd.« Hon omslöt mitt ansikte med sina smala armar och tryckte min kind mot sina lågt hängande bröst. »Jag ska ringa några samtal. Jag ska hjälpa dig lite på traven. Du är alldeles för stilig, för begåvad och för underbar för att slösa bort din tid på den där pizzerian.« Hon böjde sig fram och kysste mig i pannan. Så grät jag lite och hon gav mig en gammal näsduk som låg i fickan på hennes morgonrock. Jag torkade tårarna. »Allting kommer att ordna sig«, sa mrs Honigbaum och klappade mig på huvudet. Hon gick och satte sig och åt upp resten av sin keso. Jag kunde inte se henne i ögonen mer den kvällen.

Nästa dag tog jag ett exemplar av cirkuläret där mrs Honigbaums spalter publicerades. Jag hittade det i en pantbutik mittemot bageriet där jag brukade köpa mina kanelmunkar. Sedan klev jag på en expressbuss som körde österut på Melrose Avenue. Jag tog en fönsterplats och höll cirkuläret i knät. Mrs Honigbaums spalter löpte parallellt med varandra på sista sidan. Jag letade upp mitt horoskop: »Jungfrun: Du kommer att få kärleksproblem den här veckan. Håll ögonen på kollegor som pratar om dig bakom din rygg. De kan påverka din chef. Men oroa dig inte! Snart händer något bra.« Det var förstås trams, men jag funderade mycket på alltsammans. Skvallerspalten var bara en lista över kändisars födelsedagar och nyheter från Hollywood. Jag kände inte till några namn, så ingenting verkade ha någon betydelse. Ändå läste jag vartenda ord. Suzanne Somers stämmer ABC. Prinsessan Diana har god smak i fråga om hattar. *Stålmannen 2* har gått upp på biograferna. Medan jag såg människorna i Los Angeles kliva på och av bussen kände jag för första gången att jag var någon, att jag var viktig. Mrs Honigbaum, som brydde sig så mycket om mig, skrev spalter i detta cirkulär som spreds över hela stan. Hundratals om inte tusentals människor måste ha läst hennes spalt varenda vecka. Hon var berömd. Hon hade inflytande. Där stod ju hennes namn: »Miss Honey«.

Mrs Honigbaum, alltså. Efter vår fjärde middag tillsammans kände jag hur jag saknade henne när jag låg på min säng och smälte den väldiga mängd schnitzel med pulvermos och Jell-O som hon hade tillagat på egen hand. Hon fick mig att känna mig speciell. Jag var så klart inte attraherad av henne på samma sätt som jag hade varit av tjejerna hemma i Gunnison. Som artonåring blev jag som allra mest upphetsad av en viss femton centimeter lång yta ovanför tjejers knän. Jag var särskilt förtjust i att studera tjejer iklädda kjolar och shorts när de satt bredvid mig på bussen med benen i kors. Utsidan av låret, där musklerna delade sig, och insidan, där fettet bredde ut sig, var som två sidor av ett mynt som jag ständigt ville vända på. Om jag fick önska vad som helst på jorden hade jag valt att hela dagen få se en kvinna lägga benen i kors och isär om vartannat. Men mrs Honigbaums ben hade jag aldrig sett. Hon satt ju oftast bakom sitt skrivbord och när hon gick omkring var de smala benen täckta av fladdrande byxor med tropiska blommor eller frukter på, allt i gälla färger.

En morgon när jag som vanligt på väg till duschen stannade till utanför mrs Honigbaums kontor ropade hon:

»Gullet! Jag har något åt dig. En provspelning. Det är till en reklamfilm eller något i den stilen, men det är bra grejer. Du kan bli känd på kort tid. Gå och snygga till dig. Och ta den här med dig.« Hon rundade skrivbordet och räckte fram en lapp med adressen. Hennes handstil var stor och rund, vacker och kraftfull. »Hälsa från Honey. Det är bara en provfilmning.«

»Provfilmning?« sa jag. »Jag har aldrig stått inför en riktig filmkamera förut.«

»Se det som övning«, sa hon. Hon synade mig uppifrån och ner. »Jag skulle ge vad som helst«, sa hon. »På tal om det.« Hon gick tillbaka till skrivbordet och rotade i lådorna efter sina tabletter. »För att få vara ung igen! Men gå och duscha nu. Du får inte bli försenad. När du kommer tillbaka får du berätta alltihop för mig.«

Det tog flera timmar för mig att ta mig till studion i Burbank. Provspelningen skedde i ett litet rum bakom en gårdsplan som verkade användas till matleveranser. Överallt fanns en svag stank av sopor. I ett hörn satt två slanka blondiner i fällstolar och läste varsitt nummer av Rolling Stone. De hade tighta jeans, bikinitoppar och jättestora platåsandaler på sig. Regissören var en medelålders man med det solbrända bröstet täckt av svarta lockar och ögonen dolda bakom mörka solglasögon. Hans skägg var stort och ostyrigt. Han satt med ett manus uppslaget framför sig på bordet och lyfte knappt blicken när jag kom in. »Jag ska hälsa från Honey«, sa jag. Han reste sig inte och skakade inte heller hand med mig. Han bara tog mitt porträttfoto och askade på golvet.

Det är nog för att göra mrs Honigbaum en tjänst som han låter mig provfilma, tänkte jag. Han kanske hade varit hennes hyresgäst en gång i tiden. Om han skulle rapportera till henne hur det hade gått ville jag prestera bättre än någonsin. Jag skulle göra allting helt perfekt. Jag började andas långsammare. Jag fokuserade blicken på de blå bokstäverna på kameramannens T-shirt. GRAND LODGE. Kameramannen hade väldiga axlar och håret kammat åt ena sidan. Han blinkade till mig. Jag log. Tuggade på mitt tuggummi. Jag försökte få ögonkontakt med tjejerna, men de bara suckade och fortsatte läsa i sina tidningar.

Det blev den längsta och mest ansträngande provspelning jag hade varit med om. Först ville regissören att kameramannen skulle filma mig medan jag stod framför en vit skärm och uppgav namn, ålder, längd och vikt. Jag skulle säga vilken stad jag kom från och räkna upp mina fritidsintressen. I stället för Gunnison sa jag Salt Lake City. Jag hade inga riktiga fritidsintressen, så på den frågan svarade jag bara »sport«.

»Vad spelar du? Tennis? Basket? Eller vad?«

»Ja«, sa jag. »Jag spelar allt.«

»Lacrosse?« frågade regissören.

»Nej, inte lacrosse.«

»Få se när du gör några armhävningar«, sa han otåligt. Jag gjorde tio. Regissören verkade imponerad. Han tände en ny cigarett. Sedan bad han mig låtsas att jag knackade på en dörr och väntade på att någon skulle öppna. Jag gjorde som han sa. »Låtsas att du är en hund«, sa han. »Kan du det?« Jag sniffade omkring mig. »Hur låter en hund?« Jag ylade. »Inte illa. Mer varg än hund, men kan du dansa?« frågade han. Jag gjorde en »electric slide«. Tjejerna tittade på mig. »Den får du jobba på«, sa regissören. »Skratta.« Jag tittade mig omkring efter något som var roligt. »Kom igen, skratta nu!« sa han och knäppte med fingrarna.

»Ha ha!«

Han gjorde en anteckning på papperet framför sig. »Se sexig ut«, sa han. »Som om du försöker förföra mig. Kom igen, tänk att jag är

Farrah Fawcett. Eller någon annan tjej som du hellre skulle lägra. Få se nu.« Han knäppte med fingrarna igen.

Jag hade aldrig behövt göra något sådant förut. Jag ryckte på axlarna och stoppade händerna i fickorna, vände sidan mot honom, plutade med läpparna och blinkade. Han gjorde en ny anteckning.

»Filma honom i närbild«, sa regissören till kameramannen. »Stå still, för helvete«, sa han till mig. »Rör dig inte.« Kameramannen tryckte upp kameran femton centimeter ifrån mitt ansikte. Regissören reste sig och kom fram till mig med kisande ögon. »Har du alltid finnar där mellan ögonbrynen?«

»Bara ibland«, sa jag. Jag försökte se på honom, men lamporna var för starka. Det kändes som att stirra in i en solförmörkelse.

»Det är något fel på dina ögon, är du medveten om det?« frågade han.

»Ja, jag är skelögd.«

»Jobba på det«, sa han. »Det går att träna bort.« Han satte sig igen. »Var ledsen«, sa han.

Jag tänkte på den gången jag såg en död katt på gatan i Gunnison.

»Se arg ut.«

Jag tänkte på när jag klämde tummen i bildörren.

»Se glad ut.«

Jag log.

»Se modig ut. Knasig. Mallig.« Jag gjorde mitt bästa. Han bad mig sticka ut tungan. Han bad mig blunda och sedan titta igen. Han bad mig kyssa de båda tjejerna. »Låtsas att de är tvillingar«, sa han. Han klappade med händerna.

Tjejerna reste sig och kom emot mig.

»Ställ dig på linjen«, sa regissören till mig. »Linjen där.« Han pekade på en svart tejpremsa på betonggolvet. Tjejerna ställde sig framför mig på varsitt X av röd tejp. De var unga, kanske sexton år, och söta på ett sätt som tjejerna hemma i Gunnison inte hade varit. Deras hy var orange och slät som plast. Ögonen var jättestora och blå med väldiga svarta pupiller och vit eyeliner som såg ut som frost på ögonlocken. Deras huvuden var stora och runda och halsarna och axlarna smala och beniga. Jag tuggade på mitt tuggummi och stoppade händerna i fickorna.

»Vad tuggar du på?« frågade den ena tjejen.

»Tuggummi«, sa jag.

»Ställ dig i bild!« sa regissören. »På linjen. Herregud.«

»Det är oförskämt«, sa den andra tjejen till mig.

»Spotta ut tuggummit!« ropade regissören. »Kom igen nu! Vi har inte hela dagen på oss.«

Jag tog ut tuggummit och höll det på fingerspetsen och såg mig omkring efter någonstans att kasta det. Tjejerna suckade och himlade med ögonen. Kameran närmade sig.

»Tystnad, tagning!« ropade regissören.

Tjejerna lyfte på hakan.

Jag bara stod där och höll i tuggummit och tittade ner på benen på bordet där regissören satt. Jag var som förstenad. Tjejerna skrattade. Regissören stönade.

»Men så kyss dem då«, sa han.

Jag kunde inte.

»Gillar du inte blondiner, eller? Vad är det för fel på dig?«

Jag viftade hjälplöst omkring mig med fingret. Plötsligt var det som om jag inte fick luft.

»Jag räknar till tio«, sa regissören. »Ett, två, tre ...« Jag tittade in i kameralinsen och såg mig själv uppochner. Det var som om jag var fången där inne i mörkret, hängande i taket, oförmögen att röra mig. Jag tittade på tjejerna igen. Deras läppar var glaserade i en ljusrosa färg, bleka och skimrande, och såg inte ut som något jag någonsin hade velat kyssa. Så böjde sig en av tjejerna fram och sög upp mitt uttjänta tuggummi i sin mun. Jag backade. Jag var chockad. Jag snubblade på en sladd. Tjejerna fnittrade. »Tio!« ropade regissören.

Jag fick inte rollen.

På vägen hem klev jag på fel buss två gånger och åkte österut hela vägen genom Glendale och Chinatown. Jag promenerade genom centrala Los Angeles, förbi alla uteliggare och alla sopor, tills jag slutligen hittade en buss på Beverly Boulevard som gick hem till Hancock Park. När jag kom hem gick jag raka vägen in på mrs Honigbaums kontor. Jag kunde ha varit arg på henne för att hon hade skickat mig till det där stället. Jag kunde ha hållit henne ansvarig för att jag blev förödmjukad. Men det föll mig aldrig in. Jag ville bara bli tröstad.

»Det var rena bluffen«, sa jag. »Regissören var en hippie. Det fanns inte ens en papperskorg där jag kunde spotta ut mitt tuggummi.«

»Bättre lycka nästa gång«, var allt hon sa.

»Förresten är jag bra på att kyssas«, sa jag. »Tror du att Bob Sears blir arg på mig nu?«

»Bob Sears kan inte skilja sitt ansikte från sin armhåla. Få se på din mun.« Hon reste sig från skrivbordet och pekade på en stol. »Sätt dig. Jag lovar att jag bara ska titta. Öppna munnen.« Jag gjorde som hon sa. Jag blundade medan hon tittade i munnen. Jag kände lukten av hennes andedräkt som var frän av rökningen och de där starka mintpastillerna som jag hade blivit förtjust i. Hon krokade ett finger i mungipan på mig, drog ner underläppen och knackade med sin långa nagel mot de båda framtänderna. »Okej«, sa hon till slut. Jag öppnade ögonen. »Du har inget att oroa dig för.« Så tog hon ut fingret, vände sig om och gick och satte sig vid skrivbordet igen. Jag tog en mintpastill. »Jag ska berätta en hemlighet för dig«, sa hon medan hon vässade sin blyertspenna. »Tänderna är det som gör en stjärna. Tänderna och tandköttet. Det är det första de tittar på. Den där regissören är en idiot. Glöm honom. En sådan som du?« Hon skakade på huvudet. »Han förtjänar inte dig. Fint tandkött. Fin mun. Fina läppar, rubbet. Mina tänder är oäkta, men jag vet ett och annat, och du har de rätta proportionerna.« Hon återgick till sitt skrivhäfte, vände blad i ett magasin och tände en cigarett. Jag reste mig. Det var en lättnad att höra att jag inte var dömd att misslyckas, men jag kände mig fortfarande alldeles trasig inombords. Om jag misslyckades som skådespelare, vart skulle jag ta vägen då? Vad skulle jag göra med mitt liv? Mrs Honigbaum tittade upp på mig som om hon hade glömt bort att jag var kvar i rummet. »Vill du gråta lite, gullet?« frågade hon. »Är du fortfarande ledsen för det där med kyssandet?«

»Nej«, sa jag. Jag ville att hon skulle ta mig i sin famn, hålla om mig hårt. Jag ville att hon skulle vagga mig medan jag grät. »Jag är inte ledsen.«

»Hade du de där kläderna på dig under provfilmningen?«

Jag bar min vanliga utstyrsel: skinnloafers, tighta jeans och en löst sittande indisk skjorta som jag tänkte skulle få mig att se öppensinnad ut.

»Stoppa något i skrevet nästa gång«, sa hon. »Jag vet att det känns fånigt, men du kommer inte att ångra det. Hälften av en mans förmåga att förföra sitter i bulan på brallorna.«

»Var sitter den andra hälften?« frågade jag. Jag var helt allvarlig. Vid det laget hade jag kysst ett halvdussin tjejer i klädkamrar på fester hemma i Gunnison, men hade aldrig gått hela vägen. Jag var aldrig tillräckligt entusiastisk för att engagera mig i allt det trugande som tycktes nödvändigt för att komma dit. Dessutom var jag för nervös, för uppslukad av mina drömmar om berömmelse, för att trassla in mig i någons könsdelar. Självklart tänkte jag ofta på sex. Jag bar alltid en kondom i plånboken, ungefär som ett id-kort. Jag hade fått den av min styvfar under sista kvällen i Gunnison. »Gå nu inte och ta hål i öronen eller något sådant«, sa han och boxade mig på armen.

»Förmågan sitter här uppe«, sa mrs Honigbaum och pekade på tinningen och skramlade med sina armband. »Läs en timme om dagen, så kommer du att bli smartare än jag innan du fyllt tjugo. En gång i tiden var jag så smart att det gjorde mig olycklig. Så nu håller jag mig till lättsamheter, som skvaller.« Hon höll upp ett exemplar av cirkuläret med rabattkupongerna. »Det är bara skräp, men jag är bra på det jag gör. Den och den har dragit sig tillbaka, någon har cancer och någon annan har tappat förståndet. *Kärlek ombord*, kan du fatta?«

»Fatta vadå?«

»Ingenting. Gå och gråt en skvätt nu och kom sedan tillbaka, så ska jag berätta en historia för dig.«

»Men jag ska inte gråta«, envisades jag. Jag log brett för att övertyga henne om saken.

»Gå nu. Gråt en skvätt. Kom tillbaka efteråt om du vill prata. Ta en till mintpastill.«

Jag gick in på mitt rum för att röka en joint i fönstret och lyssna på Eagles i några timmar. Och grät gjorde jag också, men det berättade jag inte för mrs Honigbaum. På kvällen åkte jag till jobbet och försökte att inte tänka på de där blondinerna. Kvinnor lämnade läppstiftsavtryck på pizzakanter och vinglas, rasslande cigarettfimpar i lightläskburkarna och telefonnummer, smileys och X och O:n nerklottrade på servetter. Deras blinkningar och drickspengar kunde inte få mig på bättre humör. När jag kom hem stirrade jag på mitt porträttfoto och försökte be till Gud om att lindra mina plågor. »Käre Gud, få mig att må bra.« Och så grät jag lite till.

På morgonen ringde jag Bob Sears. Han nämnde inte gårdagens misslyckande. »Din mamma ringde tidigare i morse«, sa han i stället. Han sa att hon hade hotat att ringa Los Angeles-polisen. Om jag inte ringde under dagen skulle hon anmäla mig som försvunnen. »Hon verkade mycket upprörd och ifrågasatte mina kvalifikationer som agent. Jag sa: 'Jag har jobbat med det här i fyrtiosju år och ingen av mina pojkar har någonsin försvunnit. Inte under mitt beskydd.' Jag skulle väl aldrig skicka in dig bland lejonen, va? Vad skulle jag ha att vinna på det? Va?«

Han gav mig adresserna till två provspelningar som skulle hållas den dagen och jag gick inte på någon av dem. Jag mådde fortfarande inte bra. Jag hade ont i huvudet. Jag var svullen i ansiktet efter allt gråtande. Jag tillbringade hela förmiddagen framför min Toshiba och tittade på *Hollywood Squares* och *Family Feud* medan jag föreställde mig min mammas vrede. »Det var Larrys födelsedag förra veckan. Är du för fin för att ringa nu också? Tror du att du är bättre än vi, än jag, din egen mor?« Jag visste att hon skulle vara rasande. Jag hade ingenting att säga till mitt försvar. Jag hade lovat att ringa och inte gjort det. Kanske ville jag göra henne orolig. Kanske ville jag att hon skulle lida. »Jag har nästan dött av oro«, föreställde jag mig att hon skulle säga. »Hur vågar du göra så här mot mig? Vad har du gjort hela den här tiden? Gått på baler? Champagne och kaviar? Vad har du varit med för ena? Horor?« Jag gick till bageriet och tillbaka och kände mig som en brottsling. Jag åkte inte till stranden. Jag gick bara hem och kröp ner under täcket och lyssnade genom tyget på *Våra bästa år*, *Another World* och *Guiding Light*. Och fortsatte att gråta. Klockan sex knackade mrs Honigbaum på dörren.

»Jag har precis pratat med Bob Sears«, sa hon. »Det är dags att ringa till mamma. Ta reda på om hon fortfarande hatar dig. Använd telefonen i sovrummet. Följ med mig.«

Mrs Honigbaum ledde mig över den mjuka mattan i hallen och

visade in mig i sovrummet, som jag aldrig tidigare hade sett på kvällstid. Pudeln kilade in under sängen. Mrs Honigbaum tände kristallkronan och plötsligt kläddes allting i ett gulfläckigt ljus. Parfymflaskorna och kristallföremålen glittrade och blänkte. Hon öppnade den väldiga glasdörren till trädgården för att släppa in lite luft. »Det blir lätt kvavt här inne«, sa hon. Rummet fylldes av en väldoftande bris. Det var mysigt. Hon pekade på sängen. »Sätt dig«, sa hon. Då ringde telefonen.

»Vem är det nu som ringer mig?« mumlade hon. Så tog hon av sig ena örhänget, räckte det till mig och lyfte på luren. »Hej?« Jag höll det stora guldörhänget i min öppna handflata. I mitten av det satt en opalskimrande pärla stor som en tjugofemcentare. »Okej, tack«, sa hon snabbt och la på luren. »Jag fyller år i dag«, förklarade hon. Hon tog örhänget och satte på sig det igen. »Sitt nu här och ring din mamma. Jag blir ditt vittne. Det kommer att gå bra. Se så.«

Hon stod där och tittade på mig. Jag var tvungen att lyfta luren.

»Bra«, sa mrs Honigbaum när jag satte fingerspetsen i nummerskivan. »Se så«, sa hon igen.

Jag slog numret.

Telefonen ringde och ringde. Ingen svarade. Det var lördag kväll.

»Hör själv, ingen hemma«, sa jag till mrs Honigbaum och höll luren mot henne.

»Lämna ett meddelande«, sa hon. Hon tände en cigarett. Jag nickade och lyssnade till de gälla tonerna i telefonen, beredd att lägga på om mamma skulle svara. Mrs Honigbaum andades ut två väldiga rökplymer genom sina uppspärrade näsborrar. »Ett bra meddelande.«

Till slut gick telefonsvararen igång. Jag hörde min mammas röst för första gången på flera månader. Återigen höll jag luren mot mrs Honigbaum. »Här, hör hur hon låter«, sa jag. »Hon är alltid lika arg.«

»Bry dig inte om det«, sa mrs Honigbaum.

Efter pipet började jag tala in ett meddelande: »Hej, mamma, det är jag.« Jag var tyst en stund. Jag tittade på mrs Honigbaum.

»Jag är verkligen ledsen att jag inte har ringt«, viskade hon. Hon viftade med handen mot mig som för att driva på mig, och röken spred sig i rummet.

»Jag är verkligen ledsen att jag inte har ringt«, upprepade jag i telefonen.

»Mitt liv här är fantastiskt. Jag gör stora framsteg i min skådespelarkarriär.« Mrs Honigbaum spärrade upp ögonen och väntade på att jag skulle fortsätta.

Jag upprepade vad hon sagt.

»Och jag träffar fascinerande personer.«

»Jag har det tryggt och jag äter bra mat. Det finns ingenting att oroa sig för.«

Jag upprepade dessa repliker ordagrant.

»Snälla, ring inte till Bob Sears igen. Det är inte bra för min karriär.«

»Snälla ring inte till Bob Sears igen. Det är inte bra för min karriär.«

»Jag älskar dig, mamma«, sa mrs Honigbaum.

»Jag älskar dig«, svarade jag henne.

»Lägg på nu.«

Jag gjorde som jag blev tillsagd.

»Det var väl inte så svårt, va?« Mrs Honigbaum fimpade och slog sig ner bredvid mig på sängen.

»Hon kommer inte att bli glad«, sa jag.

»Du har gjort din plikt. Nu kommer hon att sova bättre.« Mitt hjärta slog snabba slag. Jag lutade mig fram och begravde ansiktet i händerna. »Ta några djupa andetag«, sa mrs Honigbaum och jag kände en hand massera min rygg. Jag satt och andades tillsammans med henne och snart kändes det bättre. »Hör här nu. Det är något jag vill visa dig«, sa hon. »Det är inte många jag har visat det här för. Men jag tycker att du förtjänar det. Det är något som kommer att göra dig smartare.«

Sedan sträckte hon sig över mitt knä och öppnade lådan till sitt nattduksbord. Hon tog ut en bunt kartotekskort. »Det är en speciell kortlek som jag har gjort själv«, sa hon. Hon bläddrade bland korten. De var blanka på ena sidan och på den andra hade de konstiga symboler – mest former, en del ifyllda och andra inte, en del försedda med ränder eller prickar i olika färger. Alla var ritade i tusch. På ett kort fanns tre gröna diamanter. På ett annat fanns två tomma röda cirklar. En ifylld svart kvadrat, en randig lila triangel, och så vidare. Spelet gick ut på att vända upp korten i rader och se mönster i de former och färger man fick upp. »Spelet är en metafor för livet«, förklarade mrs Honigbaum. »En del människor är dumma och kan inte se något mönster annat än när det är uppenbart. Men det finns alltid ett mönster, även när saker och ting inte känns logiska. Om du tränar din hjärna kommer folk här omkring att tycka att du är ett geni. Det här får du inte lära dig av någon annan. Du kommer snart att förstå vad jag menar.«

Hon la upp tre rader med tre kort i varje ovanpå sängöverkastet.

»Här är mönstret uppenbart. Tre av korten har våglinjer.«

Jag nickade.

Hon samlade ihop korten och la upp tre nya rader. »Den här serien är lite mer mystisk. Ser du de här tre?« Hon pekade på tre av korten. Ett av dem hade en tom blå kvadrat. Ett annat hade en ifylld röd rektangel. Det tredje hade en randig grön stjärna. »Ibland är mönstret att alla är olika. Ser du det? De här tre har ingenting gemensamt och det är just det som de har gemensamt. Förstår du?«

Jag sa att jag förstod.

»Det är så man lyckas som skådespelare. Hitta det dolda mönstret. Hitta mening i kaoset. Folk kommer att kyssa dina fötter.« Jag såg på medan hon samlade ihop korten igen. Vid den tidpunkten förstod jag inte vad hon menade, men jag visste ändå att det hon sa var sant. »Öva, öva, öva. Musklerna har du. Nu är det hjärnan som behöver tränas. Du vill väl bli en stjärna? Få de stora rollerna?«

»Ja«, sa jag, men vid det laget ville jag egentligen inte det. När hon tittade upp på mig såg jag djupt in i hennes suddiga små ögon. »Tack«, sa jag.

»Inget att tacka för«, sa hon. Hon blandade leken, vände upp nya kort och pekade på tre cirklar. »Enkelt«, sa hon och kluckade med tungan.

Sedan tystnade hon. Hon blandade korten. Hon tittade på mig och skakade på huvudet. Jag tänkte att hon kanske hade förlorat sig i sina egna dagdrömmar och att hon tänkte berätta en historia om sin döde make eller något roligt som hände henne när hon var ung. Men i stället la hon undan kortleken, placerade sin ena hand på mitt knä och den andra över sin egen solbrända, beniga bröstkorg. »Din mamma har tur som har en pojke som du«, sa hon och andades ut som om hon just hade erkänt någonting smärtsamt. Hon lyfte handen från mitt knä och strök mig över ansiktet, kärleksfullt, vördnadsfullt, och skakade på huvudet igen.

Det hände aldrig någonting under täcket i mrs Honigbaums säng, men från den dagen läste hon varje kväll innan jag somnade några böner på hebreiska för mig och strök mig över ansiktet och axlarna. Vad det än var för trollformler hon läste så fungerade de inte. Ingen av oss blev särskilt förvånad. ■

GRANTA

SEXDÖD PÅ ÄLDREBOENDE

Martina Montelius

I DAGRUMMET PÅ DET PRIVATA ÄLDREBOENDET VIDEUNGEN står ett akvarium. Det innehåller en mal, sex ålar, fyra clownfiskar, två blodtetror och sexton praktbarber, samt till alldeles nyligen ofta delar av Gurli Arborelius och Roger Bryntessons respektive matransoner. Både Gurli och Roger var ganska välbemedlade, men det båtade föga. De hade cystor och andra utväxter lite här och var inuti och utanpå sina knastertorra, lätt kemikaliedoftande kroppshyddor. Alla hoppades att Gurli och Roger snart skulle dö, ty de var så jobbiga. De gömde personalens pennor och glasögon, vägrade sova, vägrade ta sina mediciner, satt och gafflade i korridoren i stället för att vara med på vattengymnastiken, och så knullade de dagligen och stundligen.

Vid personalmötet strax före sommaren vågade Jill, chefen, äntligen berätta sanningen om hur hon mådde på jobbet: »Jag föll ihop inför mitt barn i går. Vi skulle gå från förskolan, och plötsligt ville benen inte bära mig. Jag kommer att behöva kuratorstöd. Kan du protokollföra det, Josefin? Det enda jag gör är att släcka eldar, släcka eldar, släcka eldar! Jag kan bära de ständiga konflikterna mellan Elgar och Milena, men det Gurli och Roger sysslar med är faktiskt oacceptabelt. Vi mår alla dåligt av detta, och det viktigaste är att vi kan prata om det. Nu är det jag som håller i bananen, och därför är det min tur. Snart kommer jag att skicka frukten vidare till dig, Josefin, och då är det viktigt att du vågar berätta hur det kändes för dig när du på ditt försynta vis knackade på hos Gurli och fann henne med – ja, med Rogers, vad ska jag kalla den, hur ska jag benämna den, som den ser ut – i en *situation.* Jag kan ta över protokollföringen medan du pratar. Det är trots allt jag som är spindeln i nätet här. Som man säger. Åh Gud, jag föll ihop inför mitt barn. Det har jag redan berättat, men det är viktigt att vi får uttrycka oss var och en på sitt sätt, så som vi innerst inne vill uttrycka oss. Jag har positiva egenskaper. Ni har också positiva egenskaper. Men vi kan inte ha *situationer* på Videungen. Hit kommer man för att dö. Inte för att – ja dejta, säger vi ju nu. Jag har ju lämnat dejtingsvängen sedan jag träffade Stefan. Nu svävar jag ut lite, men här ska det vara högt i tak. Stefan jobbar ju med kommunikation, och det är något som vi verkligen har nytta av i vårt privatliv. Vi vågar dela allt med varandra. Här på arbetsplatsen är det viktigt att jag inte pratar om Stefans och mina *situationer,* men sedan personalen äntligen fick sin helg i Sollentuna känner jag att jag kan säga så mycket som att vi har ett ömsint och vackert samliv. Vi kan tala med varandra om vad som känns bra, och om vad som kanske känns mindre bra. Man skulle kunna tycka att Gurli borde – förlåt mig. Jag blir känslosam. Nu lämnar jag över bananen.«

Josefin, som hittills kunnat skydda sig mentalt genom att föra protokoll, kände sig blottad redan när hon fick bananen i handen. Vård- och omsorgsprogrammet hade inte förberett henne på det här. Hon hade inte ens velat gå vård- och omsorgsprogrammet. Det var snarare grafisk design som lockade, och visst räckte betygen, men hennes ångest var för svår. Hon insåg att hon inte skulle orka möta andra kreativt sinnade ungdomar, kanske få frågor om vem hon var, vad hon tänkte på, vad hon hade drömt på natten. Josefin håller inte för sådant. Hon framstår som robust, men det är en chimär. Josefin är en mycket bräcklig människa. Det enda hon kan göra för att uthärda vardagen är att utsätta sig för ständiga prövningar. Helst katastrofer, men vanliga bestyr fungerar också. Därför har hon, 28 år gammal, redan tre barn. De första två med någon gammal pojkvän som väl hette Jerker eller något sådant, och den tredje, minstingen Kjetil, med en anonym spermadonator. Ja, det är irrationellt att låta inseminera sig som ensamstående när man redan har två små barn. Men hela livet är så irrationellt att Josefin unnade sig Kjetil som grädde på moset, så att säga. Att ha två barn är för lätt. Det är först med tre barn som logistiken verkligen blir nästintill omöjlig att klara, och det är vad som krävs för att Josefins smärta inte ska ta över. Lägg därtill ett oförutsägbart antal timmar som undersköterska på Videungen varje månad, med för dålig ekonomi för att söka psykologhjälp som bieffekt, och ångesten är i stort sett avväpnad. Bara i kollektivtrafiken kan den stundom göra sig påmind, exempelvis i form av plötslig andnöd och domningar i händer och fötter. Det går över när hon kommer till jobbet. Mycket praktiskt.

Men nu var det alltså hon som höll i bananen, alla betraktade henne, inklusive den finlemmade kollega hon dagligdags kastade ögon på (Benoît, mannen med samma drömmande uttryck som en fängslad giraff, Benoît, som alltid bar lemmen åt vänster, en lem så lång att Josefin kunde se hur den veks på mitten när han böjde sig fram för att byta omslag på ett liggsår, åh åh åh åh åh, hans stjärtkupoler, hans stukade blick, hans mungipor ...) och hon yttrade utan magstöd: »Kan vi inte ordna så att de får knulla ostört?« Jill började gråta. Mötet var avslutat.

I Gurlis rum hade mötet just inletts. Med sina grova fingrar palperade hon Rogers kuk, och Roger var viktlös och beståndsdelslös, löst flytande i det fulländat tempererade badvatten som är den begynnande erektionens. Hans starranfrätta ögon var riktade mot takfläkten, men han såg något annat, han såg sitt riktiga liv i rörliga bilder som liknade modern konst. Sömlöst nedsteg hans rynkiga hand i Gurlis patienttrosas dovt fräsande marker. Den nu kättjetunga blygden var vidsträckt och stridsberedd. »Jaktfitta«, tänkte Roger, »hon har en jaktfitta, och nu spjärnar dess högspända bakben, nu ska den kasta sig över mig.« Men han tänkte det inte med ruelse, inte den här gången.

Han hjälpte Gurli att flytta sitt dåliga högerben och låta landstingstrosan dråsa i golvet, hon böjde sig fram och svalde hans sköra ollon, gav den katetersargade huden en rekreationsyta invid tungroten. Kukmassan fyllde hela hennes sönderpratade mun, denna mun som snart skulle bli aska i en urna, men som nu var Rogers kukhem, kukens hem, dess strövfält och miljöfarliga sköljmedel. Han höll ut sin arm och lät Gurli använda den som fittrutschkana. Ur hennes svalg, genom kukköttet, framvällde ett läte som från en visent i födslovärkar, hennes underkropp rörde sig fram och åter, hela Rogers arm var oljig, han orkade inte hålla upp den längre, den föll, kuken rann ur Gurlis mun, men den var hård, den var faktiskt hård och hon böjde sig över sängen, han famlade med utväxten i den dyngsura fittmassan och Gurli *skränade,* det var vad hon gjorde, hon skränade att den måste in, den måste in och den skenade in och Gurlis numera symboliska äggstockar dränktes i kaskad efter kaskad av dyrkad gammelmanssperma.

Sedan Gurli kom till Videungen fem månader tidigare hade de båda blivit sexuellt vältränade. Roger visste nu hur han skulle gå tillväga för att Gurli skulle nå fontänorgasmen, som de kallade urinläckage var gång Jill kom och darrade med underläppen invid dörrposten. Gurli visste hur hon ordlöst skulle övertala Rogers ålderstigna svällkroppar att minnas doften av fittslem. Till en början var hon mycket långsam och försiktig, ja, hon lärde sig snart hur försiktig man måste vara med Roger, hur känslig han var, första gången hon rörde vid hans kuk började han gråta, en ostoppbar gråt, hon fick hålla honom i sina armar i minst femton minuter, och det blev inget samlag den gången. Roger bar smärtsamma erfarenheter av sexuella övergrepp. Hans mamma tog hans oskuld i duschen i Norrtälje när han var elva år, och sedan skällde hon ut honom för det. En enda gång, på femtiotalet, berättade han för någon om det som hänt. Vad som hände då vägrar han redogöra för.

Nu är han 85 år och har förlorat sin oskuld en andra gång, efter att ha levt ett helt liv i den sexuella tjänstgöringens mödosamma ämbete. Ja, Roger har knullat och knullat. Han har förslitningsskador i rygg, skinkor och bäckenbotten efter pliktknullande genom decennier och åter decennier. Först var det de många flickorna, och en och annan pojke, vid Norrtälje läroverk. Lydigt knådade han bröst och runkade bulle, och många var de vita lakan som färgades röda när mödisarna skulle skördas. Flickorna tuggade tuggummi (»tuggis«) och fnissade när han passerade dem i skolkorridoren. Han var en fager yngling, Roger, vilket plågade honom åtskilligt. När han sedermera började köra ut mjölk och morgontidningar, och blev inbjuden till såväl hemmafruar som gräsänklingar, grät han alltid när de sade till honom att han var vacker. »Ni dyrkar mig för att jag är vacker«, skrev han i sin dagbok, »men jag vill att ni ska se min fulhet, att jag är avskräde, att ni ska erkänna det, och sedan rädda mig från det.« Han sade ingenting. Lät dem bara göra vad de ville. Ibland fick han pengar. Dem gjorde han ingalunda av med på porrtidningar och pilsner, utan sparade i en gammal sillburk. Han har dem fortfarande kvar, trots att sedlarna stinker och ingen av valörerna längre är giltig.

Till slut gifte han sig med den kvinna han råkade känna när han var några och tjugo och enligt rådande konvention (kravspecifikation, rentav) måste gifta sig. Ursula. Tyvärr var Ursula sexuellt omättlig. Hon ville knulla flera gånger om dagen, år ut och år in. Inte räckte det med vanliga samlag heller. Det skulle slickas fitta och knullas mellan brösten och på diverse möbler, utomhus, på biografer och teatrar, i garderober hemma hos vänner och bekanta, och värst av allt: i vad hon själv plägade kalla »den dunkla skrevan«. Ursula hade flera goda egenskaper, men saknade förståelse för Rogers känslomässiga behov. När hon till slut började hålla sig med älskare kände Roger inget annat än att det var skönt att äntligen få avlastning.

När Gurli började le spotskt mot Roger från andra sidan akvariet blev han därför till en början bara förskräckt. Han hade tagit för givet att ålderdomshemmet skulle vara en fredad zon; att alla där förskansade underliv skulle vara inmurade i katetrar och vuxenblöjor, och därmed inte längre riskera att bli vitglödgade potatisskalare som karvade i hans gangräninfesterade emotionella smärtkratrar. Och så satt lik förbannat en kärring och log spotskt mot honom.

Först tänkte han att hon var senil. Icke. Hon visade sig vara överdådigt spirituell, beläst och minnesgod, full av oemotståndliga anekdoter och frapperande infallsvinklar på snart sagt allt han berättade för henne. Ja, han tillät sig att falla i samspråk med den infernaliska Gurli, och när hon började dra med honom på rymningsförsök, stöldräder och spionageexpeditioner utanför personalrummet skedde det gradvis, lika ofattbart som självklart: Roger blev kär. Han förstod det inte först, eftersom han aldrig förut varit kär.

Han trodde att han var sjuk, eftersom kroppen kändes infekterad. Han hade influensaliknande symptom, något förhöjd kroppstemperatur, minskad aptit, lätt illamående och grava sömnsvårigheter. Jill blev bekymrad och gav honom extra medicin, inklusive Imovane, men han tog aldrig tabletterna. I stället beskrev han sina symptom för Gurli, som med självklart tonfall sade: »Jaså, det där. Det är ingen sjukdom. Du älskar mig.« Det var då, i tystnaden efter den repliken, som hon började röra vid honom, och han grät. För att hon inte blev rädd för hans kärlek, utan tog emot den förbehållslöst och självklart, som man tar emot ett nyfött barn. Där låg hans kärlek i hennes armar, och hon släppte den inte i golvet, lät den inte ligga och skrika i ensamhet, drabbades inte av anknytningssvårigheter. Hon höll den bara, lät den vänja sig vid sig själv, och besvarade den. Det blev för mycket för Roger. Det var därför han grät.

När Roger fick sin första orgasm tillsammans med Gurli insåg han att han aldrig tidigare hade fått orgasm. Bara utlösning; ett oändligt antal förtvivlade utlösningar i ett oändligt antal kaviteter som för honom var ångestfyllda ekokammare.

Han hade varit trött i hela sitt liv, så trött, och hela tiden så rädd för att en människa till skulle komma galopperande med sitt könsorgan och sina *behov* i högsta hugg, och avkräva honom automatisk hugsvalelse. Efter allt detta, efter ett nästan utlevat liv, kom Gurli plötsligt och älskade honom.

Han kunde ha dött. Ambulans kunde ha behövts. Jill kunde ha blivit sjukskriven, till mångas båtnad. Men fröjden blev Rogers. Hans liv kom plötsligt att materialisera sig efter att i åttiofem år ha existerat i teorin allenast. När Gurli för fjärde gången omvärvde hans kuk med sin mun, under en omätbar tidsrymd, hela tiden med hans fläckiga hand i sin fläckiga hand, blev han utan förvarning verklig. Roger tappade besinningen och Gurli ville att han skulle tappa besinningen, han fyllde hela munnen med hennes vänstra bröst, det smakade salt och en aning kemiskt, som av medicin, men han älskade henne, han älskade henne med samma lilla tvivelsböld som alla älskande bär mellan skulderbladen, kanske älskade han henne inte, men troligen, troligen gjorde han det och nu slickade hon hans pung och han var nära att stänka sperma i hennes vidöppna ögon, men hon fattade ett hårt grepp om kuken och drev in den i sin mun igen, den krockade med hennes svalg och han brölade hysteriskt som en amfetaminist på väg att bli knivmördad.

Han skulle definitivt ha stoppat sig själv om han bara hunnit, men det var omöjligt, det var som om han fylldes av varm luft inifrån, från fotbladen och hela vägen upp till fontanellen, det var inte bara luft, det var något annat också, någon sorts materia, hans person expanderade och nådde utanför kroppens gränser, han kände hur sperman störtade ur kuken och in i Gurlis mun, men han kände det som långt bortifrån, som om han pratade i telefon med någon som var han och som ejakulerade, den egentliga upplevelsen satt inte i testiklarna utan i själva Roger, i den elvaårige pojken som tvingats knulla med sin mamma, i den artonårige som försökte gråta tyst medan han knullade någon som han inte litade på, i den fyrtiofemårige mannen som för femtusende gången hamrade in sitt ångestsvettiga ollon i Ursula för att han inget annat vågade, och sedan lade sig i fosterställning under köksbordet och vibrerade.

Nu fick han långsamt börja öva på att vara älskad. Han lärde sig att tillfredsställa Gurli utan att skada sig själv. Det var mycket svårt. Tyvärr hände det då och då att Jill utan förvarning stod i dörröppningen med ett mycket besviket uttryck i sitt annars så hejiga ansikte. När Jill skulle spionera på Roger och Gurli tog hon av sig foppatofflorna, så att de inte skulle höra att hon var i antågande. En dag hade hon med sig Videungens inplastade policy. Kanske skulle den hjälpa hennes klienter att förstå hur hon mådde.

Jill hade bestämt sig för att stanna hos Stefan, trots att det är modernt att skilja sig. Inte gjorde det något att han stoppade in fingret i rumpan på henne när de »gjorde det«, ja, ibland rentav snoppen, utan förvarning, fast att det gjorde ont. Ja, de kunde kommunicera, men när Jill drog upp det där med »anus som fredad zon« ville Stefan inte lyssna. Han avkrävde henne argument. »Men VARFÖR vill du inte att jag ska penetrera ditt rövhål? Jill, du har rätt att utvecklas. Du måste inte stå och stampa på samma fläck hela livet. Varför nöja dig med att bli penetrerad i två hål, när du *de facto* har tre?« Dessutom ville Stefan inte kyssas. Det var inte hans påse, sade han. Jill fick leva utan kyssar, åtminstone tills barnen flyttat hemifrån. Därför gick det inte att uthärda Rogers och Gurlis excesser. Det var FAN INTE RIMLIGT att de där två ruttnande skeletten skulle få grovhångla i dagrummet när Jill, som fortfarande hade fasta bröst och busiga ekorrögon, grät varje natt av längtan efter beröring från någon som inte försökte reformera och uppfostra henne.

Hon läste högt: »Vi på Videungen är måna om att våra boende ska känna sig trygga och respekterade. Vi vill att alla ska få utvecklas, ha trevligt och umgås på sina egna villkor.« »Men vi umgås ju på våra egna ...«, försökte Gurli, men Jill fortsatte: »Vi har ett välutrustat dagrum« (Gurli skrattade åt ordet 'välutrustat', men det föll icke i god jord) »med sällskapsspel, akvarium och möjlighet till visning av diabilder. Dessutom anordnar vi minst en gång per kvartal en trevlig utflykt till exempelvis en 4H-gård, en park« ('... eller en plats där en park inom kort kommer att anläggas', fyllde Gurli i) »eller varför inte ett planetarium! All vår mat lagas från grunden av egen kokerska« ('Vår renliga Fas 3-kock Madrigal', raljerade Gurli igen) »och vi håller oss uppdaterade om de boendes eventuella allergier –« Jills röst bröts. Hon höll sig i dörrposten. »Jag hittade en kaviarsmörgås ...«, framsade hon, knappt hörbart, och störtade sedan till golvet, otröstlig. Gurli och Roger, båda utrustade med stor empati och värme, som sig bör på ett äldreboende, försökte klappa Jill, men då grät hon ännu mer. Det enda som fanns att göra var att vänta på förstärkning. Den kom i form av Josefin och Madrigal, till vilkas mobiltelefoner Jills särskilda trygghetslarm än i dag är kopplat. Josefin och Madrigal är Jills närmaste bundsförvanter på Videungen. »Jag skulle inte orka ta ett steg till utan Jossan och Madde«, brukar hon säga.

Men där hon nu låg på golvet, emotionellt dränerad och utan hopp om förbättrad arbetsmiljö, var det som om något mörkt och svårt skedde med den avknoppade verksamheten. Ja, något förändrades i grunden. Den framåtanda och valda glädje som genomsyrat hela arbetslaget var för evigt krusterad av Gurlis och Rogers utsöndringar, deras aldrig avstannande slickande och slafsande och hamrande och stånkande och de effekter dessa haft på Jills generella mående. En verksamhet är aldrig starkare än sin arbetsledares psykiska hälsa. Detta gäller såväl privata som kommunalt styrda organisationer. Ingen skillnad. Gurli och Roger hade knullat ihjäl Jills sista gnutta livslust. Precis så enkelt, och så fruktansvärt, var det.

I dag, en månad senare, har Jill valt att säga upp sig från Videungen. I ett känsloladdat avskedsbrev meddelade hon att hon vill »finna nya, spännande utmaningar« och »få andas lite efter allt som varit«.

Roger och Gurli är båda döda. De dog i samma säng, trots att sängarna på Videungen egentligen är för smala för samvaro. Rogers hand vilade innanför Gurlis trosor när han gav upp andan, en knapp timme före henne. Hon lät handen ligga kvar, kände den svalna medan hon smekte hans fnasiga huvud och lyssnade till ljuden av lunch som dukades fram långt borta, långsamma ordväxlingar om gröt och stundande kräftskiva på boendet (»Det räcker kanske med djupfrysta räkor i den här åldern.«), städredskap som plockades fram och ställdes undan. »Det var skönt för mig också«, viskade hon i Rogers mycket stora öra, och skrattade i hans ställe. Det är sådant som människor gör för varandra på ställen som Videungen.

Sedan hostade hon till och var död.

Rogers urna står i Norrtälje kyrka medan barnen träter om var han ska grävas ned. Gurli hade inga anhöriga att tala om, så Madrigal valde ut Råcksta begravningsplats åt henne. Nära såväl krematoriet som vattendrag och lövsångare.

Fortfarande hittar personalen då och då små brev med pornografiskt innehåll bakom lister och under blomkrukor på äldreboendet. Josefin sparar dem i sin BH av polyester. ■

GRANTA

VÅREN

Erika Bernalt

UNDER SENA EFTERMIDDAGEN sköljer du ansiktet på toaletten och kammar igenom svarta silkiga håret. Hänger portföljen över axeln, kliver i sandalerna och går ut i solen. Dränks av parningsläten, den söta doften från de blommande träden och vimlet av silverfjärilar. Det snurrar till i huvudet. Alla stönanden tränger in i öronen. Långa ihållande stön, snabba hetsiga, vissa skriker. Du skyndar in i djungelskogen. Träden svajar stilla över dig, det luktar kön och orgasm i varenda buske. Svarta sanden skvätter upp bakom dig där du går, håret klibbar i nacken. Ljuden är outhärdliga, du rotar runt i portföljen efter lite papper som du formar till små koner som du stoppar i öronen. Pappret skaver och parningsljuden forsar igenom ändå.

»Ååååh åååh aaahaaaaaahaaaahaaah å å å å å å å jajajajaaaaaa aaaaa iiiii i i i i i mmmmmmmmmmmm.«

I en suck tittar du upp mot den klarblå himlen, upptäcker hur en flock gröna småfåglar samlats över dig. De svävar i ett moln över ditt huvud, du viker snabbt ner blicken och börjar gå snabbare. Portföljen är tung mot axeln, det är varmt i kavajen och papperskonerna ramlar ut ur öronen. En av fåglarna viker av från flocken och du går ännu fortare. Från armhålorna rinner svetten ner i shortsen. Fågeln hinner i fatt dig, landar på din axel.

Fågel: Morska upp dig nu Bluebird.

Fågel: Sakta ner!

Du: Dra.

Fågel: Varför är du alltid ensam?

Du: Jag vill vara själv.

Fågel: Ingen vill vara med dig. Du vet det va? Alla tycker att du är en tönt.

Fåglarna skrattar i kör, djupdyker framför dig så du blir tvungen att vända om, de är så nära flyger rakt mot dig. Du sätter händerna för ansiktet, springer allt vad du kan hela vägen hem till skeva huset och smala sängen.

I kväll ska öborna fira att parningspeaken är här. Vårens fest, den hålls traditionsenligt vid fyren i mitten av våren. Den överfylls som vanligt med olika slags mat, vin och ost, det är musik och dans och festen pågår hela natten och morgonen. Öborna flätar håret och klär sig i vita kläder, men det slutar oftast med att de flesta är nakna. Du lagar en enkel middag av lök, koriander och bönor, efteråt sätter du dig i rottingfåtöljen med en kopp te. Det låter från Grannens trädgård, röster, skratt och sång. Du kliver upp med tekoppen och ställer dig vid diskhon och tittar ut genom fönstret, där är de i sina vita klänningar och tunikor, alla med minst en fläta i håret. Några sitter ner och dricker vin medan några andra öbor står upp och sjunger och dansar. Grannen kommer precis ut från huset med två flaskor vin i händerna som han höjer mot sällskapet som genast applåderar. De som sitter reser sig upp, de ska bege sig mot festen. Du ser ner på dina händer som vilar mot köksbänken, de är nariga och torra, alldeles vita, nästan blå. Du tittar på den rykande tekoppen och suckar djupt. När du tittar upp igen ser du hur Grannen har gått bort från de andra som står och väntar. Han tar sats och börjar småspringa hit mot ditt hus. Du rycker till, skyndar dig bort mot hallen och river ner en vit tunika från galgen och drar av dig polon. Trär tunikan över huvudet och sätter fötterna i sandalerna, drar snabbt fingrarna genom håret och kliver behärskat ut genom dörren. Grannen är bara några meter bort, du går självsäkert fram mot Grannen som andfådd stannar till och ler med hela ansiktet.

Grannen: Jaa! Det var ju dig jag skulle hämta! Kom hit så får jag krama om dig… så fin du är.

Grannen kastar sina starka armar kring din kropp. Tiden stannar. Du står liksom snett och ena armen har krånglat in sig mot hans varma bröst, med den andra handen snuddar du försiktigt vid hans rygg. Han luktar sol och lavendel. Du känner hans hjärta bulta där inne i kroppen. Hans andning lugnar ner sig, han släpper dig och tittar på dig. Du kan inte titta tillbaka utan vänder blicken ner i marken.

Grannen: Jag ska göra en fläta på dig!

Han ställer sig bakom dig, tar tag i ditt halkiga hår. Du ryser över hela armarna, i nacken reser sig de små nackhåren. Du vill aldrig att han ska sluta. Hans varma händer fastnar i hårstråna så det blir svårt att fläta och han gör det väldigt fort till slut, eftersom det skulle ta för lång tid att göra en fin fläta. Han släpper taget om håret och säger att det får duga, tar tag i din hand och börjar springa tillbaka mot de andra. Du kan inte hålla tillbaka din hand i hans så du glider ur och börjar springa bakom honom i stället. Han springer så lätt och energiskt, du får knappt upp benen. Hans hår är flätat i små inbakta flätor, några har krullat upp sig och ringlar över hans rygg. Så fort ni ansluter er till de andra öborna börjar Grannen sjunga och dricka vin med de andra. Du försöker krympa ihop, går längst bak och hoppas att ingen ska försöka tala med dig. Öborna skrattar och sjunger. Flätan glider ur och håret hänger snart lika platt som innan.

Gamla, sjuka, unga, vuxna, barn, alla öbor är här, ingen missar vårfesten. Musiken sätter stämningen, djupa rytmer, trumpeter och saxofoner får öborna att rulla sina magar och skaka sina rumpor och bröst. De snurrar och juckar och dansar med hela kropparna. Musikanterna står vid fyren och där samlas de flesta som dansar, men även där du står, vid maten och drycken, dansar öborna. Ingen står still. De sjuka och gamla som sitter ner dansar med överkropparna och svänger sina armar. Blundar och njuter. Du tar tag i ett glas vin och tränger dig igenom folkmassan upp mot berget. Bakom ett träd sätter du dig på en sten och pustar ut. Här har du utsikt över hela festen, solen lyser starkt över de halvnakna kropparna och fyrens grå stenar glimmar i solskenet. Himlen är klart blå, träden blommar och allt är grönt. Du ser hur vissa öbor spillt rödvin på sig, deras tunikor har blivit helt rosa. Några är berusade och vinglar fram genom folkmassan, du ser stora skägg som guppar i takt till musiken, hår som dansar kring ansikten, rumpor och bröst som skumpar och armar som sträcker sig mot himlen. Du ser nakna kroppar du ser tungor och glansiga ögon. Vinet värmer i magen och du blundar. Känner hans kropp mot din, doften av lavendel och sol, hans händer i ditt hår. Andetagen och hjärtat mot ditt. Du tar en till klunk vin. Öborna skriker och skrattar. När du öppnar ögonen och tittar på dem igen blir du äcklad, deras frossande. Några av öborna har redan börjat klä av sig. Du ser hur en öbo står på knä framför en höggravid kvinna och slickar hennes kön. Hon har armarna över huvudet och öppen mun. Några andra öbor trycker sina stånd mot runda rumpor och andra har redan fingrarna i varandra. De trycker, smeker, stönar. Hudarna blänker av svett. Du letar febrilt med blicken över öborna, Grannen, är han också naken? Har han stånd, svettas han, dansar han? Du får syn på dina föräldrar som står och dansar vid fyren, de har gjort turkosa magsmycken som svänger runt höfterna. Din pappa står mellan Efi och din mamma, han blundar när han dansar. Lutar sig fram mot din mamma och slickar hennes bröst. Samtidigt tar Efi tag i hans röv och trycker sig mot honom, håller om hans höfter smeker honom med fingrarna över könet. Du vänder snabbt bort blicken, häller i dig det sista vinet och reser dig upp. Snart kommer hela stället att ha förvandlats till en enda stor orgie och du kan inte se det i år igen. När du var barn sprang du och gömde dig precis som nu, stirrade på vad alla gjorde, glömde bort att äta och dricka. Mådde så illa att du alltid kräktes innan du somnade någonstans i gräset.

Det blåser på berget och du huttrar där du går, ser ut över det grå oändliga havet. Systerön skymtar vid horisonten, du föreställer dig hur de lever ett helt annat liv, där man sover med underkläder, går till banken och hämtar ut pengar, går till arbetet med portföljen i handen, där man har kläder på sig även om det är varmt, där man slipper ha ett jävla olivträd som ändå inte vill leva. När du går där i dina tankar möter du bergsgetterna som går på rad över berget, de är svarta och har pipskägg. De har inte börjat sin parningssession för kvällen, men du ser på dem att de är upphetsade, de går ivrigt med stirriga blickar, buffar varandra i baken. Sandalerna halkar mot berget och du tar av dig och går barfota, det ömmar mot fotvalven och du måste gå på tå för att kunna gå i hyfsad takt. Här uppe känns det som att ö-livet inte finns, här uppe finns bara himlen, vinden och berget. Du andas genom näsan, ser den brännande solen sakta glida ner i havet. Himlen har blivit alldeles rosaorange och havet ser svart ut. Det är nästan mörkt när du skymtar ditt skeva hus vid stupet där nere, försiktigt tar du dig ner från berget, det är svårt att se var du ska sätta fötterna men till slut når du marken. Nu är du högst upp på kullen där fåren bräker i sina kärleksakter och plötsligt har du fjärilar och fåglar som virvlar runt dig igen. Du kliver i sandalerna och springer med händerna för öronen ner mot Grannens och ditt hus. Vid stupet utanför dig står hästen och betar. Hon frustar till när hon hör dig komma och du skyndar andfådd in i huset. Hämtar två klumpar paragummi som du formar och sätter i öronen. Du slänger av dig den vita tunikan och trär armarna i en svart skjorta, medan du knäpper den går du ut till hästen igen. Du klappar henne över mulen, hon ser upp på dig med sina stora bruna ögon. Du vill inte lämna henne ensam, utan svänger dig upp på hennes breda rygg och gömmer ansiktet i hennes man. Hon fortsätter att beta gräs medan du ligger med armarna kring hennes hals. Du slumrar till under stjärnorna, det är bara du och hästen som sover hemma i natt. Resten är vakna natten igenom, de älskar och dansar, dricker mer vin och badar i havet. De gamla och sjuka somnar i stolarna och barnen ligger i högar i gräset. Någon lägger en filt över dem. I gryningen lagas det banankaka över öppen eld och mängder med frukt serveras. Festen lugnar ner sig och trummorna slutar slå, en harpa och en gitarr är det enda som hörs. De gamla tittar på barnen som mumsar i sig jordgubbar och springer omkring och leker, de andra öborna halvsitter eller ligger i någons famn. I natt är du i drömmarnas värld, ute och rider med Grannens häst men du är inte ensam, Grannen är med. I skenet från månen faller ni in i hästens rytm, skrattar och pratar. Under ett träd ska ni fullända varandra eller i alla fall dig men när han öppnar din gylf så har ditt kön blivit en fågel. Den skriker och skriker och skriker.

⋆

Det har blivit mörkt när du med rynkad panna går hem i svarta sanden från kontoret. I ditt lilla hus är det tyst, magen kurrar. I skafferiet ligger några tomater och vitlök, du skär slarvigt upp allt och fräser i pannan med olivolja. I en kastrull kokar du en majskolv. Du tittar upp och ser ut mot Grannen. I trädgården skiner stearinljusen i glasflaskorna, syrsorna och fjärilarna yr fram genom hallonbuskarna och äppelträden. Hästen syns inte till, hon är förmodligen på baksidan, galopperar över ängarna. Det lyser i köket, det rör sig där inne. Du lutar dig fram, ser Grannens stora skratt. Han pratar med någon, lyfter ett stort vinglas mot läpparna. Han ler med hela ansiktet, ser upplivad ut. Hans hår är fluffigt nytvättat och ligger lent kring ansiktet. Han har på sig en grönblå tunika du aldrig sett förut. Du stänger av spisen och lägger upp maten på en tallrik. Kan inte slita blicken från Grannens fönster, du släcker fotogenlampan. Det blir helt mörkt inne hos dig och nu ser du ännu tydligare vad som händer. Medan du äter den heta majskolven ser du hur en lång glansig kropp med stora runda lår kommer fram och lägger sina bulliga armar kring hans bröst, Grannen sitter kvar, han skrattar igen. Hon trycker sitt ansikte mot hans nacke och skrattar hon också, hon skrattar så hela hennes kropp skakar. Hon har mörkt rakt hår ner till midjan. Majsen fastnar i tänderna och du måste pilla med fingrarna för att få bort dem, tomaterna och vitlöken ligger orörda på tallriken. Du tar en klunk vatten och fortsätter att se ut genom fönstret. Nu kommer det ytterligare en person som ställer sig bakom den skrattande kvinnan och håller om henne, de ser exakt likadana ut förutom att hennes hår är ljusare. De måste vara tvillingar. De talar om något, ser så fånigt glada ut. De börjar röra sig runt i köket, ibland ser du dem inte alls, ibland stannar de till mitt i ditt blickfång och du ser hur de äter paj med händerna och dricker vin. Du lägger den uppätna majskolven på tallriken och torkar av händerna på handduken. Sedan sätter du upp håret i en knut och går till hallen, sätter med darrande händer på dig sandalerna och öppnar försiktigt ytterdörren. Ute är det skön frisk luft och stjärnorna lyser starkt över ön. Syrsorna spelar och parningsläten ekar ut över havet. Det luktar paj i hela trädgården och ut ljuder Grannens skratt som får dina mungipor att ofrivilligt röra sig uppåt, men när tvillingarna skrattar slutar du att andas. Långsamt smyger du i gräset fram till ett av Grannens äppelträd. Där ser du rakt in genom kökets och sovrummets fönster, i köket står de nu alla tre vid köksbänken och småviskar. Kåtfnittrar. Du kan inte sluta stirra, blinkar knappt. Grannen håller om deras midjor, de är större än honom, längre, bredare. Tvillingarna kysser honom över axlarna, i nacken, på armarna, händerna. Du ser inte Grannens ansiktsuttryck han står med ryggen mot men du ser deras, tvillingarnas ögon, så giriga och vattniga. I din hals svider det, något har fastnat det värker så du inte kan svälja. Tittar och tittar på deras händer som tar i honom, deras munnar som kysser honom. Han lutar bak huvudet, de drar av honom tunikan och de dråsar ner på köksgolvet. Du ser dem inte mer, hör inga fnitter längre. Med skakiga ben skyndar du därifrån och in i huset igen. När du kommer in sätter du dig på hallmattan, stirrar tomt på den smala sängen, rottingfåtöljen, stolen, bordet. Tar inte av dig sandalerna, lägger dig bara ner på sidan. Tänker på kramen, den där stora varma, med hans hjärta mot ditt.

⋆

Din mamma stormar mot dig med utsträckta armar, du hinner inte ens gå upp för trappan förrän du har hennes fuktiga kropp mot din, hon är klädd i bara virkade underbyxor och håret är trassligt över hennes skuldror. Hon luktar svett.

Mamman: Bluebird! Äntligen är du här, mår du bra?

Du: Ja jag mår bra.

Mamman: Du ser ... du ser så fin ut. Är du här för grönsakerna? Det är helt otroligt vad bra de växer i år. Kom kom!

Hon föser dig upp för trappan och ni kommer upp på den stora verandan med utsikt över djungelskogen och vattenfallet som vindlar ner i den gröna sjön. Många öbor säger att det här är den vackraste platsen på ön. Verandan skuggas halvt av ett bambutak där vinrankor slingrar sig, det växer persikoträd runt hela huset och dina föräldrars två olivträd står precis bredvid varandra. Själva huset, som du också vuxit upp i, är två våningar högt med ett litet fönster på vinden, huset är byggt ganska glest och det kommer in alla möjliga insekter och djur. Dina föräldrar har aldrig brytt sig, de trivs i en levande atmosfär. Din mamma trycker ner dig i en av solstolarna på verandan och studsar glatt in mot köket, hon ska ordna en drink till dig. Du byter till en pall, gillar inte att ligga i solstolar, tycker om att sitta rakt. Du ser ut över sjön, alldeles smaragdgrön är den, svalare än havet och i den lever rosa fiskar. När du var liten badade du här säkert varje dag, även under regnperioderna. Du brukade simma under vattenfallet och lyssna på dånet över dig. Varje gång du är här, det vill säga en gång i veckan när du hämtar grönsaker och frukt, frågar de om du inte ska ta dig ett dopp. Din mamma kommer ut igen.

Mamman: Pappa är och mediterar vid fyren, men han hälsar med massor av kramar! Apelsinjuice, skål!

Du dricker små klunkar, din mamma häller i sig, lyckas spilla juice mellan brösten. Hon sträcker ut sig i solstolen och tittar lyckligt ut över sjön med kisande ögon.

Mamman: Hur mår själen Bluebird?

Du: Bra.

Mamman: Har den fått någon kärlek på senaste tiden?

Du: Ja.

Mamman: Bra, bra. Av vem då?

Du: Det spelar ingen roll.

Mamman: Nej ... nej det är klart.

Du: God juice.

Mamman: Ja! Vad kul. Vad säger du, ska vi ta oss ett dopp Bluie?

Du: Nej det är lugnt.

Mamman: Ok. Senare kanske ...

Du: Jag går och börjar plocka lite då.

Mamman: Jag följer med!

Du reser dig upp med trälådan i handen, din mamma kilar in för en hatt och så går ni runt bakom huset. Där växer blommor, gräs, grönsaker och fruktträd i ett enda virrvarr. Deras odling är helt omöjlig, men det växer så det knakar. Du plockar på dig kronärtskocka, fänkål, lök, paprika, zucchini, pumpa, sockerärtor, olika bönor och så kryddor: basilika, timjan, persilja och mynta. Ni går vidare mot citrusträden och plockar citron och apelsin. Din mamma springer plötsligt i väg och kommer tillbaka med en pappkasse fylld med vita persikor.

Mamman: Du måste skynda dig att äta dem nu, de är helt perfekta. Saftiga och söta.

Du går tillbaka med den tunga trälådan och ställer den vid trappan. Din mamma är redan uppe på verandan igen, utfläkt i solstolen.

Du: Jag går nu då!

Hon: Neej! Nej oj jag trodde du gick med mig upp. Kom en liten stund bara!

Du suckar och börjar långsamt gå upp för trappan igen, då plötsligt en naken kropp kommer utsusande från huset. Hon har stort svart lockigt hår som ligger över hennes axlar. När din mamma får syn på henne skrattar hon och reser sig i solstolen för att kunna få en kyss. De kysser varandra och fnittrar.

Mamman: Bluebird! Kom och hälsa det här är Lima som du säkert känner till, hon gick ju tillsammans med dig i skolan!

Du går fram mot dem och säger hej, tittar på henne, en sån lätt kropp, hon har svart mörkt könshår som står rakt ut och hon tittar på dig länge med sina mörkbruna ögon.

Lima: Bluebird! Jag såg inte dig på vårfesten.

Mamman: Bluebird har alltid varit lite blyg…

Lima: Är du inte varm?

Hon ser över dina svarta kläder och du höjer blicken mot henne.

Du: Är inte du kall?

Lima: Haha, kall?! Då känner du inte din mamma…

Lima drar sina fingrar mellan din mammas bröst, de flämtar till och börjar genast att ta i varandras kroppar. Lima klämmer på din mammas stjärt i de virkade underbyxorna och din mamma trycker sitt kön mot hennes burriga könshår. Du vänder dig om och går ner för trappan. Trälådan är tung och du måste stanna flera gånger på vägen hem för att vila armarna. Paragummit skyddar mot parningsljuden och så länge du inte tittar någon annanstans än i stigen är du safe. Lima. Limas fingrar mellan din mammas bröst. Fåglarna skriker, dykflyger framför dig. Du viftar bort, snart är du hemma.

⋆

Något väcker dig mitt i den mörka fuktiga natten, du reser dig ur sängen, irrar omkring i huset. Vad var det för dröm egentligen? Det lyser hos Grannen igen, åker tvillingarna aldrig hem? Är så trött på deras kåtslag, är så glad att du inte behövt hälsa på dem, de är mest där inne eller springer runt på ängen på baksidan. Du är på kontoret om dagarna och när du kommer hem har de gått in under tak för att laga mat. Du drar på dig en stor tröja och sätter på dig sandalerna, öppnar dörren och smyger ut i det våta gräset. Det duggar lätt och ansiktet blir vått. Himlen är mörk och full av moln, inte ens månen skiner igenom. Hästen står under äppelträdet och halvsover, du duckar för ljuset som strömmar ut ur Grannens sovrumsfönster och gömmer dig vid hästen. Du torkar bort regnet från ansiktet med tröjärmen och drar håret bakom öronen. Lyssnar spänt till vad som händer i huset, hästen andas tungt och buffar till med huvudet mot din mage, du klappar hästen över mulen, håller om med armen. Tittar upp igen och ser rakt in i sovrummet. Grannens breda säng med träram och vita lakan. Tvillingarna har tunikorna på sig och Grannen är i bara underbyxor, de står upp vid sängens fotände, Grannen kysser ena tvillingens bröst genom tunikan och håller med andra handen kring den andra tvillingens skinka. Han har stånd genom underbyxorna. Du håller andan, känner hur hjärtat slår i halsen. Tvillingarna drar av sig tunikorna och blottar sina mjuka kroppar. De har helt svart hår mellan benen och från könet upp mot naveln går en svart sträng med hår. Du vänder dig om en stund, måste svälja och andas. När du tittar upp igen har tvillingarna ställt sig på alla fyra i sängen, de pratar och skrattar, men du hör inte vad de säger, Grannen skrattar också. Drar av sig underbyxorna och trycker sitt stånd mot deras skinkor. Han tar i deras rumpor och tvillingarna svankar och tar sig själva på brösten. Grannen retar dem genom att låta sin kuk trycka sig mot dem utan att komma in i någon av dem. Nu hörs det ända ut till dig, deras stönanden. Till slut tar ena tvillingen tag i hans stånd och trycker den in i sig. Hon skriker till av njutning, Grannen tar sina fingrar och smeker dem in och ut i den andra tvillingens fitta. Grannen står helt still med kroppen, det är tvillingen som rör sig fram och tillbaka över hans kuk. Du kan inte röra dig, ett pirrande sug tar plats i magen, ett sug som letar sig ner ner ner och det är en känsla som är fullständigt omöjlig. Tvillingen stannar till och Grannens spända kuk lämnas fri i luften, hon sätter sig ner på rygg framför sin syster, trycker upp sin fitta mot den utsträckta tungan. Grannen flyttar sig, stoppar in kuken i den andra tvillingen, sätter sina händer kring hennes stjärt. Du har krympt ihop, sitter som en liten boll där bakom trädet, kan inte titta mer. Tittar upp mot hästen som ser ner mot dig, hon lutar mulen mot din kind. Du sväljer. På darrande ben häver du dig upp på hästens rygg, skrittar i väg genom den mörka djungelskogen, bort från Grannen bort från allt. Du behöver inget ljus, hästen vet precis vart ni ska. Hon galopperar fort, du håller dig fast i manen och kramar med benen runt hennes mage. Vid sandstranden glider molnen isär en kort stund och månen lyser över er, hovarna sprätter upp svarta sanden och regnet smakar salt. Du vill rida i all evighet, vill rida bort härifrån och aldrig mer komma tillbaka. Hästen blir svettig och du märker inte dina tårar som rinner i ansiktet.

⋆

Du drar undan täcket och öppnar fönstret, molnen är vita och solen skiner genom duggregnet. Du ramlar ner i sängen igen, drar upp täcket till hakan.

Fågel: Godmorgon!

Du: Neej.

Fågel: Vänd dig inte om!

Du: Vad vill du?

Fågel: Du vill också knulla antar jag?

Du: Nej. Han är en äcklig gubbe.

Fågel: Åh kära Bluebird, du är avundsjuk!

Du: Jag ska flytta härifrån.

Fågel: Ska du flytta?

Du: Till Staden.

Fågel: Haha, du är fast honey du är fast. Hur ska du lämna ditt sifferberoende? Hur ska du kunna lämna din kääära granne? Du blir besviken i staden och där har du sanningen.

Du: Jag ska räkna i staden.

Fågel: Kraaa kraaa kraaa kraaa.

Du somnar om, vägrar gå upp. Väcks någon timme senare av en

knackning på dörren. Först ligger du kvar, väntar spänt på att knackaren ska gå sin väg. Det knackar igen och du hasar upp ur sängen. Magen kurrar, munnen är torr och håret är trassligt när du öppnar dörren för en stor solros med öppna blad. Bakom solrosen står Grannen som ler ler ler mot dig, i ögonvrån skymtar du regnbågen som går rakt ner i havet. Han vänder sig om och tittar.

Grannen: Visst är den fantastisk.

Du: Ja ...

Grannen: Jo, jag hittade din sandal.

Han håller fram din sandal som hänger på hans pekfinger. Du stirrar på den och tar den i handen.

Grannen: Jag hittade den vid äppelträdet, konstigt.

Du: Ja ...

Grannen: Hur är det?

Du: Va?

Grannen: Du verkar tänka på något. Är det ok?

Du: Ja ... ja det är bara så kvavt av regnet.

Grannen: Ja ... ja det är sant.

Du sneglar ner mot hans kön kan inte låta bli att låta blicken vandra, hans kön hanskönhansstånd som du har sett, som du har sett åka in i den där röven och du ryser i hela kroppen.

Grannen: Solrosen är till dig.

Du: Va?

Grannen: Haha, solrosen! Den är din.

Du: Oj, tack ...

Grannen: Säg till om du vill komma över eller om vi stör på något vis, jag har ju besök som du kanske märkt och ja ... du är nästan aldrig hemma vi har ju försökt att hälsa på och så. Tvillingarna är verkligen sugna på att träffa dig.

Du: Tvillingarna?

Grannen: Ja precis ... de är tvillingar. Från Systerön.

Du tittar in i Grannens rusiga blänkande grå ögon. Du vill stänga dörren, vill inte se honom mer, du vill att han ska krama dig igen, hålla din kropp emot sin, du vill att han ska komma med in, ligga i sängen med dig och hålla dig i handen. Du säger tack igen och hejdå.

Han vänder sig om och skimret efter honom får dig att sucka och längta. Men när du stänger dörren är det stängt och bara stängt.

*

Hela dagen håller de på, du sätter in paragummit redan innan frukost och håller dig sedan inne i huset. Hur orkar de nu mitt på dagen? De andra öborna ligger och sover, men Grannen och tvillingarna kan inte sluta. Du rensar i skafferiet bland grönsakerna och frukten, äter en mango, skrubbar golvet med såpa, byter lakan, dammar och tvättar fönstrena på insidan. Utanför ligger de nakna svullna och kan inte få nog. I huvudet hör du hur de skriker ut sin kåthet, gummit spelar egentligen ingen roll. Du lägger dig på sängen och stirrar i taket, tar fram en tidning om Staden under madrassen och bläddrar. Långsamt bläddrar du, stryker med fingrarna över bilderna i tidningen. Somnar med tidningen i famnen och vaknar när det blivit mörkt. Du drar ut para-gummit, sätter dig upp i sängen och lyssnar spänt efter kåtfnittret. När du lyssnat ett tag utan att höra något reser du dig upp, går fram till diskhon och ser ut genom fönstret. Huset är alldeles mörkt men i trädgården lyser Grannens små ljus i flaskorna. Försiktigt lossar du på fönstrets regel och gläntar på fönstret, du lutar dig fram... Du hör musik, den gamla skivspelaren snurrar runt runt de lyssnar på något du inte hört förut, musik i lugnt tempo, med bas, piano och en sammetslen röst som rör sig runt i trädgården. Du lyssnar ett tag till och förstår snart att rösten inte hör till skivan utan en av tvillingarna. Du hoppar upp på köksbänken och lutar huvudet mot väggen, lyssnar till rösten. Ibland är den svag som en viskning, ibland stark, över dina armar far en rysning, i ryggen upp i nacken, allt hår på huvudet reser sig. Hennes röst påminner dig om något du inte minns att du upplevt. Musiken, tillsammans med syrsorna som försiktigt börjat spela och havet som slår in mot bergsväggen långt där nere får dig att slappna av, liksom sjunka ihop där vid fönstret. Rösten kommer närmare, det låter som om hon är precis här vid dig och du vet inte om det själv, men du ler. Så slutar hon plötsligt sjunga, du hör Grannens röst, han frågar om han ska hämta salvan. Salvan. De ska knulla igen. Med vidöppna ögon sparkar du med benen under dig mot skåpet. Hans lovers skrattar de väntar på honom och när han kommit ut igen hinner det bara gå några minuter innan de knullar varandra hårt och högljutt. Du smäller igen fönstret och sätter i paragummit i öronen. Tar fram tygkassen och kastar ner grönsakerna och frukterna, lite kläder och tidningen. Knäpper på sandalerna, tar på dig hatten och går ut i kvällen. Springer så långt ifrån Grannen som du bara kan över kullen, genom djungelskogen och ner mot byn. Redan utanför byn är det fullt med öbor, du måste sakta in för att de inte ska undra varför du springer. De hälsar på dig och en del av dem kommer med snuskiga antydningar. Du håller upp handen som hälsning och går vidare, de är redan nakna, några av de yngsta öborna ligger i gräset precis vid sidan av stigen och tar på varandras kön. Längre fram ser du hur några bildat en ring runt ett träd där var och en har sina fingrar i den framför, brösten gungar under deras böjda överkroppar. Värmen är tryckande och du svettas, håret klibbar mot nacken. Du svänger av mot höger och huvudgatan öppnar sig, på öbornas terrasser är stora rislampor tända och ljus brinner här och var, du känner den unkna söta doften från upphetsat kön. Fort springer du mot kontoret, sätter i nyckeln och går in. Där är svalt och stilla. Med en suck av lättnad tar du av kavajen och kliver ur sandalerna. Packar upp maten och kläderna. Går in i badrummet och tar fram några handdukar som du lägger under skrivbordet på golvet. Du lägger dig ner där, kurar ihop på sidan.

⋆

Värmen sipprar in i kontoret och du svettas under armarna. Du sätter upp håret så att det inte ska klibba mot ryggen, axlarna. Dricker kallt jasminte och tvättar dig i kallt vatten. Om nätterna försöker du slappna av mot handdukarna under skrivbordet, se staden framför dig och hur du seglar fram i den. Om dagarna är byn öde om nätterna full med knullrufs och sång. Du ser på siffrorna i pärmen, din stolthet. Du skriver klart de sista uträkningarna och för in dem i datorn. Du ska precis titta på aktiemarknaden då du hör att det knackar på dörren.

Du sitter kvar, håller andan och hoppas att du hörde fel. Men det knackar igen. Du ignorerar, vill inte bli störd nu. Det knackar igen, hårt och bestämt flera gånger. Nervöst reser du dig upp, låser upp dörren med stela fingrar och gläntar försiktigt på dörren. Grannen sticker fram sitt huvud.

Grannen: Hej Bluebird!

Du: Hej?

Grannen: Vilken värme!

Du: Tycker du?

Grannen: En sån het sommar, det är inte en själ vaken nu.

Du: Nej …

Grannen: Vad fint du har! Är det svalare där inne eller?

Grannen pekar in mot kontoret men du bjuder inte in honom, i stället glider du själv ut utanför kontoret och stänger igen dörren bakom dig. Ute är det vindstilla och solen lyser starkt i ögonen.

Grannen: Du var inte hemma? Det är ju ingen som arbetar under sommaren.

Du: Jag hade bara några viktiga saker att ta tag i … så jag har inte haft tid att gå hem.

Grannen: Jag blev väl rädd att det kanske berodde på mina nya vänner?

Du: Va?

Grannen: Jo, men vi har ju haft en mycket intensiv period av älskog.

Du: Ok … de bor hos dig nu eller?

Grannen: Ja snart! Efter regnperioden ska de bosätta sig här på ön, de åker tillbaka under regnet för att packa ihop sitt hem på Systerön.

Du: Ok.

Grannen: Jag kom hit för att jag vill bjuda över dig på mat någon kväll. Så vi kan lära känna varandra bättre, allihop! Vad säger du?

Du: Jo … tack.

Grannen: Jaaa! Å! Det gör mig verkligen glad. Tvillingarna kommer bli stormförtjusta!

Du: Hälsa!

Grannen: Absolut absolut, å roligt verkligen.

Han böjer sig fram mot dig tar tag om dina smala axlar och kysser din kind. Han ler mot dig, skrattar till och med, du vet inte vad du gör kanske att du ler tillbaka, han säger dag och tid och du nickar tror du. Nickar och han vänder sig om och börjar gå och vänder sig om igen efter några meter, skickar i väg en slängkyss. Du vinkar och han försvinner i den dallrande hettan.

Hela natten ligger du sömnlös, vrider dig i handdukarna under skrivbordet. Hur kunde du säga ja? Hur ska du kunna titta på dem, deras runda ansikten och saftiga läppar. Deras kvitter och fjuniga hakor. I gryningen har kroppen äntligen blivit stilla, du känner ingenting, tänker ingenting. Det är tomt. ■

GRANTA

ROUSSEAUS KISSEKATT

Marie Darrieussecq

ÖVERSÄTTNING AV LISA LINDBERG

JAG ÄR MEDVETEN OM att historien jag nu ska berätta, enligt dagens normsystem, innehåller flera chockerande scener som faller inom ramen för sexuella trakasserier och djurplågeri. Även en mer överseende domare skulle åtminstone använda ord som opassande beteende, manschauvinism, utnyttjande av förtroende och/eller överläge – ord som numera används av goda skäl och som jag inte protesterar emot. Likväl är den här historien förmodligen lika lite våldsam som erotisk. Jag antar att den är sexuell, men jag är inte säker. Hur som helst är den sann, in i minsta detalj, och det är i alla fall något.

Det hela utspelar sig i mitten av åttiotalet, i en mellanstor stad i södra Frankrike. Jag hade just påbörjat mina universitetsstudier och hade en lärare i filosofi som jag tyckte mycket om, Monsieur Domino. Naturligtvis har jag ändrat hans namn. För övrigt är den stackars mannen död nu (här vill jag understryka att jag inte hade något med det att göra). »Domino« är inget dåligt val av pseudonym: det liknar hans riktiga namn och har en lekfull och filosofisk sida (dominoteorin). Det för också – och det märker jag nu när jag skriver – tankarna till dominans. Men jag är ledsen att behöva göra den läsare som förväntar sig bondage och sadomasochism besviken. Monsieur Domino var inte precis den dominanta sortens man.

Nåväl. Monsieur Domino hade klarat sig igenom maj 68. Vilket betydde många saker. Till exempel att han både var olycklig och att han drack mycket. Men också att han hade kastat gatsten mot polisen på Rue Gay-Lussac, och trots hans tunnhårighet, kulmage och rödfläckiga ansikte, avundades vi hans hjältemodiga period i livet. Det betydde att han hade trott på en bättre värld, på att en dialog mellan intellektuella och arbetare var möjlig, på social rättvisa, på ekologisk getost, på global nedrustning och yttrandefrihet. Och även på sexuell frihet. Antar jag i alla fall.

Monsieur Domino, som drevs av maj 68-andan, undervisade ibland på bistroerna, betraktade ofta sina studenter som vänner eller till och med älskarinnor, gick barfota när det var varmt, rökte på lektionerna och vägrade att sätta betyg. Han skulle helt klart ha haft stora problem i dag. Han var en utmärkt lärare. Allt jag kan om Rousseau, upplysningen, Hegel, Marx, ja även om Lewis Carroll, har han lärt mig. Somliga av hans utsagor gjorde verkligt starkt intryck på mig, men han lekte aldrig guru. Han var en sådan där människa som lyssnar på en som om det man sa faktiskt var något märkvärdigt. Han trodde inte att det behövdes mycket för att en ung människa, tjej eller kille, skulle välja att vara fri. Men han var olycklig. För en man som han var åttiotalet deprimerande. Dessutom hade han stridit i Algerietkriget innan han började kasta gatsten på polisen. Vilket inte är en lätt start i livet.

Monsieur Domino lät studenterna göra sina »khôlles« hemma hos honom. »Khôlles« är en fransk institution, ett slags terminsmunta. Och trots att den har en informell karaktär kan den avgöra huruvida man går vidare till högre studier eller ej. Det är stressande. Man gör den oftast (nej: inte oftast – alltid) i ett klassrum efter lektionstid, ensam med läraren. Jag tror att den sortens tête-à-tête, även om den hålls i en skolbyggnad, skulle kunna uppfattas som mycket tveksam nuförtiden. Men Monsieur Domino höll alltså dessa »khôlles« hemma hos sig, för om lärare och elev ändå var tvungna att sitta och vara stressade på tumanhand, kunde de lika väl ta en öl och göra det bekvämt för sig.

Vi stämde alltså träff, som den enklaste sak i världen, en lördag vid lunchtid i hans lägenhet på Rue Sainte-Blandine.

Det hade varit en krånglig förmiddag. Jag hade för vana att röka en substans som dessvärre inte såldes fritt, vilket innebar att jag var tvungen att följa alternativa ekonomiska vägar för att förse mig med en måttlig mängd. Just den här morgonen hade jag inte tillräckligt med pengar för transaktionen och hade därför gått med på följande arrangemang: i utbyte mot tjänsten i fråga lovade jag att adoptera en kattunge. Den älskvärda återförsäljarens katt hade nämligen just fött sju små kattungar, och den hygglige och panikslagne killen hade ingen aning om vad han skulle göra av dem.

Där stod alltså jag, som delade ett studentrum med två andra tjejer, med en liten katt i famnen som just skilts från sin mamma. Ärligt talat var det ett högt pris att betala.

Jag vet inte om det är likadant på svenska, men franskans »chat« och ännu hellre det feminina »chatte«, refererar förvisso till det lilla husdjuret av kattsläkte, men också till det kvinnliga könsorganet. Vilket förklarar publikens skratt i Molières pjäs *Hustruskolan*, när den unga och oskuldsfulla Agnès meddelar sin far att »kissekatten är död«.

På väg till min »khôlle«, med min lilla katt i skolväskan, väcktes en tanke av praktisk natur i mig: att få den snälle Monsieur Domino att adoptera djuret.

Jag ringde på porttelefonen. Domino bad mig komma upp. Han bodde på fjärde och översta våningen. Det var en spiraltrappa. Jag gick uppåt. Jag hörde mitt namn. Jag tittade upp. Jag såg en rosa halo. Domino vinkade hej. Han stod lutad mot räcket. Han var spritt språngande naken.

Från det ögonblicket behövde min unga hjärna bearbeta en mängd information som knappt hade någon gemensam nämnare: 1) jag ville adoptera bort min katt till min lärare, 2) min lärare var naken, 3) jag skulle ha en munta med honom.

Jag befann mig fortfarande bara mellan första och andra våningen. Den lilla katten jamade i min väska. Min lärare lutade sig ut. Det stod still i huvudet på mig. De två återstående våningarna försökte jag samla mig och jag koncentrerade mig på kattadoptionen. Mitt mål: bete mig som om allt vore fullständigt normalt.

Jag sträckte alltså fram handen mot Domino som var helt naken, han skakade den, goddag, hur står det till. Hans lägenhet bestod av ett enda stort rum möblerat med en madrass, en matta och tusentals böcker staplade längs väggarna. Vi satte oss på mattan. Jag befriade katten från väskan och förklarade mitt problem: Jag kan inte behålla den. Skulle Monsieur Domino vilja, låt säga för ett tag, ta hand om den? Öh ja, svarade Domino. Det kändes som om jag utnyttjade situationen. Men jag var också fruktansvärt lättad.

Enligt ritualen sträckte den nakne Domino fram »khôlles«-lådan: en fånig papplåda där ämnen stod skrivna på små hopvikta lappar som skulle dras slumpvis. Jag fick »Rousseau och friheten«.

Jag hade nu tjugo minuter på mig att förbereda min genomgång. Min lärare satt med korsade ben framför mig och jag ansträngde mig hårt för att inte irra med blicken mot hans kön. Det var svårt. Rousseau och friheten. Min näthinna var fast inpräntad av den rosa, fylliga massan med vita hårstrån som mitt synfält upptogs av. Rousseau och friheten. Katten jamade. Jag frågade om jag fick titta i en bok. Jag stack ner näsan i meningarna, i sidorna, i bokstäverna. Efter en lång stund frågade min lärare om jag ville ha kaffe. Den rosa och vita halon vecklade ut sig och styrde stegen mot köket. Skulle ni kunna ge katten lite mjölk? frågade jag. Öh ja, svarade Domino. Ljudet av ett kylskåp som öppnades. Kaffemaskinen som gurglade.

Disposition i tre delar: 1) Rousseau och Den naturliga människan, 2) konflikten mellan Lusten och Lagen, 3) Lagens nödvändighet.

»Är du beredd?« frågade Domino. Han duade mig, precis som han gjorde med alla elever. Han satte sig framför mig igen. Kaffe. Jag rabblade upp min långrandiga utläggning. Fyrtio minuter – tio minuter per del, fem minuter för inledning, fem minuter för sammanfattning. Den var lång. »Sammanfattningsvis«, sa jag, »finns ingen frihet utan upplyst samtycke.« Katten jamade. »Mycket bra«, sa Domino. »Det är mycket bra. Men Staten, vad hände med den?«

Jag hajade till. Jag hade pratat om Lagen men inte om Staten. Även om Domino inte satte betyg skulle det här inte vara bra för mina möjligheter att avancera. »När var och en gör såsom han behagar, gör han ofta något som misshagar andra, och detta är inte vad som menas med en fri stat«, citerade Domino ur huvudet och alldeles naken. Jag hittade det fullständiga citatet i *Brev skrivna från berget*, jag läste högt: »Människans frihet består inte i att hon kan göra som hon vill utan i att hon inte är tvungen att göra det hon inte vill; den består också i att inte tvinga någon annan att underkasta sig hennes vilja.« »Öh ja«, kommenterade Domino tankfullt. Jag omformulerade alltså min sammanfattning genom att utveckla mina tankar om Revolutionen och Frankrikes historia, detta land där friheten är grundläggande anti-libertarianskt. »Mycket mycket bra«, suckade den alldeles nakne Domino. »Bravo.«

Jag reste mig upp. Domino reste sig upp. Saker rörde sig i det rosa mittpartiet på hans fylliga kropp. Han öppnade famnen och tog ett steg framåt med U-formade läppar. Han försökte placera en sorts puss på min ena kind. En kaffekopp slogs ut. »Monsieur Domino«, sa jag, utan att riktigt veta vad jag sa, »jag tycker verkligen att ni borde klä på er.« »Tycker ni?« sa han tvekande och anpassade sig till mitt niande. »Ja«, sa jag. »Jaha«, sa han. Han letade i ett hörn, böjde sig över en boktrave. Två rosa klot i luften, två korta och spinkiga ben. Han hittade ett par randiga kalsonger och drog på sig dem.

»Tack för katten, Monsieur Domino.« Jag tog honom i hand. Han såg alldeles sorgsen ut. »Vilken katt?« frågade han. Jag pekade obestämt mot köket. Jag gick nerför trapporna. Jag vände mig inte om. I spiraltrappans svängar kunde jag ana Domino, högst upp som en rosa saltstod iklädd fladdriga kalsonger.

Jag ägnade resten av året åt att undvika Domino, och han åt att försöka prata med mig. Sett utifrån, eller ur dagens perspektiv, såg vi nog ut som en lärare och en elev som var oerhört generade på grund av en olycklig händelse, den skyldige läraren som försöker be om ursäkt, den ansatta studenten som försöker fly undan den avskyvärde gubben. Men det enda Monsieur Domino ville var att lämna tillbaka min stackars kissekatt, och jag hade inga planer på att ta den tillbaka. ■

GRANTA

DET OSKRIVBARA

Mark Doty

ÖVERSÄTTNING AV ANNA-KARIN PALM

NÄR MAN VÄL HAR BETALAT sina tjugo dollar hos Gregori och lämnat in sina kläder och skor hos de vänliga männen i förrummet till vänster, får man en mask – den lilla svarta sorten, som Zorros. Töj gummibandet lite, får man veta, och dra på den försiktigt; det finns bara ett begränsat antal och de går lätt sönder. När den sedan är på kan du höra din egen andning. De mandelformade öppningarna begränsar synfältet en aning: man ser rakt fram, medan blickens utkant mjuknar till en oval av mörker. Nu är du redo att anträda festen.

Gregori har andra fester varje fredagskväll, med en noga sammansatt gästlista bestående av män han mött på nätet eller på klubbar, eller män som har kontaktat honom för att de hört talas om hans sammankomster. Man måste vara inbjuden och inbjudan är antagligen viktig för att göra festen laglig – den understryker att detta är ett privat evenemang, som äger rum i en privat lägenhet, inte en affärsverksamhet som måste lyda vissa regler utan helt enkelt en sammankomst. Gregori vill åtminstone se ett foto av dig eller få en rekommendation från någon han känner, men i verkligheten gästas festerna av många olika slags män. Unga, slanka killar som ser ut som om de går på yogalektioner flera gånger i veckan, muskelsnubbar med gummiaktiga steroidkurvor, äldre män som är inne på läder eller ett slags militärstil, och gott om killar som inte besökt gymmet på länge. Männen är främst vita eller latinos, några få asiater; den ende svarte där är en av Gregoris vackra hjälpredor, ett 185 centimeter långt skulpterat torn i röda kalsonger som – det kan inte sägas med något annat ord! – bemannar dörren.

Men de maskerade festerna inträffar bara en gång per månad. Maskerna döljer inte mycket; om det gömde sig en bekant eller en arbetskamrat bakom masken skulle du inte ha några svårigheter att känna igen honom. Men ibland är en antydan om anonymitet allt som behövs. Gregori säger att festen besöks av gifta och bisexuella män, skådespelare och garderobsbögar som känner sig fria mellan den dämpade belysningen och den lätta maskeringen. De poserar eller vilar eller parar sig i det mjuka ljuset som flödar ner från videoskärmen högt uppe på väggen i tvåvåningsrummet. (De tretalar sig, skulle jag vilja säga, eller förökar sig på andra vis, men jag behöver tvätta »para« och »föröka sig« rena från bildspråkets heterosexuella betydelse. Inte mycket begränsas här till två, och det enda som befruktas är möjligheter.) Männen, klädda enbart i det svarta tyget som ramar in deras ögon, ser underligt venetianska ut, som om Tiepolo hade gjort hemliga fresker av ett 1700-talssexparty.

Hur har Gregori hittat dessa män? En bisexuell kompis till honom går på Manhattanklubbar som besöks av heterosexuella swingers, och när någon av männen tydligt är attraherad av honom, ger han honom Gregoris visitkort. Gregori söker på nätet för att hitta män som skulle uppskatta att dölja sig. Och även om maskerna, inom några timmar, hänger löst kring halsen likt kragar eller är strödda på golvet bredvid soffan eller lämnade på ett bord – så, tja, de har gjort sitt jobb. De har öppnat kvällens dörrar, uttryckt en avsikt, och de är inte längre nödvändiga.

När jag just börjat skriva den här texten drömmer jag att jag går i en snårig och ogräsbevuxen del av min trädgård, en del av trädgården bakom huset som jag aldrig riktigt skött om. Plötsligt upptäcker jag en bortglömd stig som leder i väg, längre bort än jag visste. Där tittar redan påskliljor upp, trots att det fortfarande är senvinter, och de ovårdade blomstersängarna leder ända ner till viken. Inte visste jag att vi hade sjötomt! Men jag kan gå ännu längre, ut ur trädgården och uppför en sluttning, där man ser ut över en dal med betande får, och sedan fortsätter stigen längs ett fält fram till en stad, som jag först tror mig känna igen men när jag väl är där inser jag att jag aldrig sett den förut. Hemma är tydligen en så mycket större och mer obekant plats än jag visste.

Jag har varit en maskerad man – inte på länge nu, men under en period av mitt liv, när jag var i tjugoårsåldern, levde jag ett – hur ska jag uttrycka det? – undangömt liv, ett dubbelliv, en bedragares liv. De är samtliga problematiska uttryck. Jag var gift med en kvinna och hade sex med en man. Jag tror att jag skulle ha varit livrädd för Gregoris fest, om det nu hade funnits något sådant i Des Moines; jag kan inte föreställa mig att jag på den tiden skulle ha kunnat vara så ohämmad, uppnå den graden av hängivenhet. Skulle jag ens ha velat det? Jag drömde att en man, en eldig, generös och öppensinnad man skulle förtrolla mig, att jag skulle kunna vila mitt huvud mot hans breda bröst. Och under en tid var det faktiskt så.

Varför i hela världen var jag då gift?

När jag var sjutton år, en förstaårsstudent på college som fortfarande bodde hemma, mötte jag Ruth på en poesiuppläsning. Hon var kort och blond, hennes kropp lika rundad som hennes vokaler, med en röst smidd i centrala Louisiana och omformad i Houston. Hon deltog i en läsning genomförd av en grupp sistaårselever, i ett av studenthusets anonyma samlingsrum; hennes dikter var bildrika, fragmenterade och i mina öron underbart underliga, som om de steg upp ur någon inre grotta, fortfarande våt av drömstoff. Jag tyckte om Blake och García Lorca, André Breton och Charles Simic, så självklart gillade jag henne. Jag gick fram till henne efteråt för att berätta det och hon utbrast: Mark, jag är så glad att träffa dig! fast vi aldrig hade mötts förut, och jag tog det som ett tecken.

En vecka senare träffade jag henne igen, på en fest i min poesiprofessors vackra hus i öknen. Vi blev fulla på whisky, talade i timmar i ett allt mer exalterat tillstånd och hånglade i min bil. »Hånglade« låter bedrägligt nonchalant. Jag tror att det måste ha känts ödesdigert för mig: jag måste ha känt att jag gjorde något som jag förväntades göra. Dessa påståenden är spekulativa, eftersom jag på något sätt känner att jag inte var där: jag gav efter för ett strömdrag, jag fattade inte ett beslut, utan drogs i den riktning världen ville – trodde jag då att det var världen som önskade mig detta liv? Hon sa: Jag känner mig som ett påskägg. Jag älskade det. Jag var sjutton år, och att bli vidrörd och kysst av vem som helst var rafflande. Jag hade haft sex precis två gånger, på herrtoaletten i humaniorabyggnadens källarvåning. Min konsthistoriakurs – där vi studerade diabild efter diabild av klassiska nakenstudier och läraren noggrant prisade deras proportioner och poser – höll till i samma hus, så jag gick från dessa perfekta marmorpojkar till toabåsens intrikata graffiti, med väggarna fulla av glory holes och hungriga munnar och ögon på andra sidan. Man kunde bara se ett öga eller, om mannen på andra sidan lutade sig tillbaka och man själv satte ögat till hålet, så kunde man få se honom smeka sin erigerade kuk, dess häpnadsväckande skälvande verklighet, exponerad för en på denna offentliga plats. Jag var maktlös inför min lust, men jag var också skräckslagen. Var detta det liv som öppnade sig för mig? Min pappa hade varnat mig för bögar, att vara vaksam mot män som bad mig följa med dem hem, och mer än så hade vi inte talat om ämnet. Min mamma hade uttryckt sin avsky inför homosexuella samlag (även om den inte riktigt kunde skiljas från den vrede och avsmak hon tycktes känna också inför den heterosexuella varianten).

Efter en eller ett par månader berättade jag för Ruth att jag var bisexuell, vilket jag kanske trodde då. Tekniskt sett var jag »bisexuell« eftersom jag hade sex med henne och tänkte på män, men jag tror inte att det riktigt är vad termen betecknar. Hon verkade uppfatta informationen som helt absurd och sa att jag hade misstagit mig, och sedan pratade vi inte om saken igen på många år. När sommaren kom bodde vi tillsammans och en dag sa hon, ganska grinigt: Mina vänner undrar när vi tänker gifta oss. Jag svarade: Oktober? Och så var det med det. Det var kanske trettio gäster i vår lägenhet på bröllopet – inklusive mina föräldrar och vår poesilärare – och vi drack champagne och åt tårta på terrassen, lät korkarna smälla mot bårhuset tvärs över gatan och betraktade fladdermössen som flög ut under taket i skymningen.

Judith Butler säger att heterosexualiteten är en ofrånkomlig komedi, eftersom ingen helt och hållet kan uppfylla de absurda förväntningar som förknippas med kategorierna »man« och »kvinna«. Kanske är det riktigare att säga att all sexualitet är en komedi, eftersom vi är bundna av koder som alltid misslyckas med att helt beskriva vilka vi är, vad vi än är, och även om dessa yttre faktorer utgör en del av vår subjektivitet (hur kan jag undgå att, i någon grad, vara den bög jag får höra att jag är?), så är de tack och lov aldrig uttömmande, de kan aldrig helt ringa in oss.

Det var tydligt från början att mitt äktenskap skulle bli en smärtsam komedi. Jag skjutsade Ruth till skolan en dag, till hennes eftermiddagslektion, och körde in på en inhägnad parkering för att komma ända fram till byggnadens trappa, och innan jag ens hunnit fråga något sa parkeringsvakten: Jaha, ska du bara släppa av din mamma? Jag hade inte förstått att det var så vi skulle uppfattas. En kväll kom jag hem sent någonstans ifrån och såg med ens en kille som stod och hängde under en gatlykta utanför en bar lite längre ner i kvarteret, ett ställe som hette The Graduate. Jag visste att det var en gaybar, men det räckte att bara se den där pojken – kanske hundra meter bort – ingen hade behövt berätta det för mig: även på det avståndet glödde hans collegejacka av lust; han såg åt mitt håll, vi sände något slags stråle till varandra som var omöjlig att upptäcka på annat sätt än genom den mänskliga kroppen, hans vitärmade jacka en ljuv hungrig bild. Jag vände mig om och gick in i huset. Jag var arton år och full av längtan, jag vände om och gick in i huset och la mig bredvid min sovande fru.

Vilket får mig att nu vilja säga att jag var en dum pojke. Smart när det gällde läsning, att tala om böcker och filmer och särskilt poesi, dess formler och magi och passager till det underjordiska liv som jag älskade, men hur jag skulle leva eller hur jag skulle kunna göra mitt hjärta eller mitt kön rättvisa, det visste jag ingenting om.

Komedin fördjupades. Ruth berättade att hon hade en son, från sitt första äktenskap, som hon hade förlorat vårdnaden om och att detta var hennes livs stora förlust. Var fanns han? undrade jag. Han bodde med sina farföräldrar i Arkansas. Hon väntade tills vi var gifta med att berätta att hon hade en son? Eftersom vi skulle flytta till Iowa, där hon hade fått jobb som lärare, kunde vi stanna på vägen och jag kunde få träffa honom, vilket innebar att hon måste berätta för mig hur gammal han var. Jag var arton år, och min styvson likaså.

Ni förstår kanske nu varför en författare som haft så mycket att säga om andra perioder av sitt liv, har ansett det här materialet vara oskrivbart: det verkar barbariskt, löjligt. Att berätta om de där åren tycks ofrånkomligen innebära att anklaga Ruth, och ge mig själv tillåtelse att urskulda att jag var dum nog att gifta mig med henne. Vi gjorde vad vi gjorde. Det förbluffar mig, det kommer mig att tänka på Miłosz oförglömliga rad om historiens tyngd: »Inte av sorg frågar jag, utan av förundran.« Det är verkligen förundran jag känner, över att detta absurda liv alls ägde rum, men ändå kan jag inte tänka på det utan att känna en viss ilska också, och minnas den där rasande, självinneslutna längtan. Det fanns en klocka nere i centrum, högst upp på en skyskrapa, som blinkade fram sina siffror hela natten, man kunde se den från sovrummet i vår lägenhet. 1.27, 1.33 ... Hur många nätter betraktade jag inte de där siffrorna, under de timmar då de bara var tre stycken?

Varför skriver jag det här nu? För att Alex dog i veckan, av cancer. Min fru är borta sedan flera år och nu han, så av oss tre är det bara jag kvar som kan berätta den förtigna historien, den som jag åtminstone underförstått lovade att aldrig berätta. Behöver den berättas? Och Alex fru, kanske har även hon en historia?

Men jag går händelserna i förväg. Jag träffade min styvson på hans farföräldrars gård i Arkansas obygd. Han var precis en sådan pojke som jag inte var: nästan 1,90 lång liksom jag, men medan jag läste Kenneth Patchen och rökte gräs hade han spelat fotboll och grävt upp potatis. Vi lekte som två stora hundar som just träffats: vi simmade i Arkansasfloden i våra avklippta jeans, vi brottades och jagade varandra längs flodbrinken. Med honom var jag den pojke jag aldrig hade varit, och även om det som hände mellan oss inte var sexuellt, så var det definitivt genomsyrat av Eros: helt kroppsligt, och helt avskilt från hans mamma. Sedan åkte jag och Ruth till Des Moines, där ett annat liv inleddes.

De olika delarna av denna nya existens verkade knappt beröra varandra: Jag arbetade på ett daghem och blev passionerat intresserad av småbarns utveckling; på kvällar och helger skrev jag poesi; i min ensamhet sent om natten brann jag av längtan efter män; jag bevistade olika sociala evenemang på Engelska institutionen tillsammans med min fru. Det var på en av dessa tillställningar, i en oklanderligt behaglig lägenhet hemma hos en engelskaprofessor med stor auktoritet vid namn Maurice La Belle, som jag mötte en hårfrisör från Iowa City – stilig, tio år äldre än jag, med den omisskännliga gaystilen som var på modet då: kort smålockigt hår, en mörk mustasch, solbränna, en slank och välskött kropp i ganska åtsmitande kläder. Vi gick ut på terrassen tillsammans. Han kysste mig på munnen. Jag fick genast erektion – han tog på mitt skrev och tryckte tungan djupare in i min mun – men jag ryggade tillbaka och sa: För guds skull, min fru är i det andra rummet. Han insisterade på att ge mig sitt telefonnummer – nå, jag antar att han inte direkt behövde övertala mig. Han hade inget visitkort och jag hade inget lämpligt att skriva på, så han präntade det prydligt på baksidan av mitt socialförsäkringskort. Vilket betyder att jag fortfarande har det kvar, trettiofem år senare. Åh, Jim från Iowa City, hur stor är chansen att du fortfarande är vid liv, eller fortfarande finns på det numret?

Samtidigt som jag flydde från en dörr som slogs upp framför mig försökte jag, på mitt inte särskilt direkta vis, att själv rycka upp den. Jag utvecklade en rad förälskelser i män som nästan, men inte riktigt, var tillgängliga: Richard, Hans, killar med en viss utstrålning av öppenhet eller dubbelhet som blev mina vänner men visade sig bara tända på kvinnor, även om de kunde flirta med mig eller tillåta en omfamning, kanske till och med en torr kyss. Det gav mig yrsel och jag trodde mig, på något sätt, vara tillfreds. Jag hade lutat mig med hela min tyngd mot dörren, den hade inte öppnat sig men jag kunde känna en frisk och upplivande vind blåsa in från den andra sidan.

Sedan mötte jag den man jag kallar Alex. Jag måste, av anledningar som blir tydliga längre fram, fördunkla en del av omständigheterna för vårt möte. Låt oss säga att vi sjöng i kör tillsammans, kämpade för bättre finansiering av sociala verksamheter eller satt ett par staffflier ifrån varandra på en teckningskurs. Jag minns glädjen i ett långt samtal utomhus, en sval eftermiddag om våren. Vi hade börjat småprata lite, ett skämt eller en historia ledde till en annan, och snart stod det klart vilken glädje vi hade av varandras sällskap. Om någon hade stått och iakttagit oss, skulle den ha sett två män i tjugoårsåldern, båda långa, en lite gängligare och den andre något kraftigare, hur de svajade lätt medan de pratade, händerna i fickorna, huvudena som lutades mot varandra och hur de sedan tog ett steg tillbaka och brast i skratt, samtalet som pågick hela eftermiddagen, hur en av dem tycktes vara på väg att gå men sedan stannade igen, fortsatte prata, det omisskännliga kroppsspråk som betyder att en förbindelse håller på att skapas.

Vi började gå ut och dricka öl, spela flipper eller lyssna på band tillsammans. Det passade inte in i villkoren för mitt äktenskap, där jag tydligen förväntades leva som en gift man och inte som den drygt tjugoåriga pojke jag var. Jag tror att Ruth måste ha betraktat mina utekvällar som ett irritationsmoment, men också som ett slags säkerhetsventil, en manlig zon i stil med mitt Huck Finn och Tom Sawyer-brottande tillsammans med hennes son. Medan vi stötte i väg de vackra kromfärgade bollarna över spelplanen under glaset, talade vi oavbrutet om gemensamma bekanta, politik eller arbete och kom allt närmare varandra. Sedan reste Alex någonstans, en ganska lång resa, och kom tillbaka med diabilder, och för att se dem gick jag hem till honom en kväll, i ett litet hus han hyrde på andra sidan stan.

Bästa platsen för att se bilderna var i sovrummet: där fanns en stor tom vägg som fungerade som bildskärm, och vi kunde sätta projektorn på sängen och sträcka ut oss på varsin sida av den med en öl i handen medan han berättade om bilderna från sin resa, och medan bilderna matades fram kom våra axlar och armar allt närmare varandra, jag kunde känna mina egna hjärtslag och under den slitna batikfärgade bomullströjan han bar, var jag medveten om hans.

Hela mitt liv har jag skärskådat åtråns mysterium och jag känner mig ändå inte närmare att förstå det. Inget annat har i lika hög grad format mina beslut, mitt levnadssätt; om man skulle sammanställa kostnaderna för sexuell avvikelse, så skulle totalsumman bli enorm, ändå vet jag att jag skulle ha betalat vilket pris som helst. Men vad är det som driver oss, vad är det vi vill ha? Beröring? Att tränga bakom hudens hinder, att penetrera en annan kropps gränser eller att själva penetreras, som en bot mot vår extrema ensamhet, den fruktansvärda upplevelsen av ett enskilt jag i en enskild kroppshydda? Ett slags narkotisk form av glömska, ett sömnmedel doserat genom en annans händer? Inte orgasm, tror jag, och bara delvis njutning: det finns många slags njutning, många former av tillfredsställelse, men ingen annan har den magnetiska dragningskraft som sex har. Och jag tror inte att det enbart handlar om biologi, tvånget att fortplanta sig – eftersom för min del kan det ju inte bli tal om någon avkomma från de möten jag inte tycks kunna leva utan. Jag *vill ha*; det är den första sanningen, existensens grundval. Men vad är det hos en manskropp, i hettan och beröringen och dess varma inre, hetsen eller fördröjningen av kontakt, vad är det egentligen jag vill ha? Borde jag inte, efter ett liv av praktisk erfarenhet, kunna benämna det?

Här är Whitman, i »Sången om mig själv«:

Du blinda kärleksfulla beröring! Du lent dolda, skarpslipade beröring!
Gjorde det dig så ont att lämna mig?

Avsked har nya möten tätt i hälarna …
eviga avbetalningar på ett oändligt lån,
Regn i rikliga skurar ger omsider tusenfalt tillbaka.

Men vad är det som ges »omsider tusenfalt tillbaka«? Jag vet att det existerar och jag vet att det bor bortom språket, jag vet att det inte kan förnekas. Vi förnekar det som är ursprungligt i oss på egen risk; det som stiger upp i oss bör uppmärksammas. Blake säger »hellre mörda ett spädbarn i vaggan än hysa otillfredsställda begär«. Detta låter förfärligt tills man inser att det spädbarn man dödar, om man inte tillåter sina drifter att träda ut i dagsljuset, är man själv, den person man hade kunnat vara om man rört sig i riktning mot fullbordan. (Inte *till* fullbordan, däremot; jag tror inte längre på den, förutom i tillfälliga tillstånd, men vi måste röra oss i riktning mot tillfredsställelsen.)

Jag var tjugoett år gammal och nu hade mitt verkliga liv börjat, även om jag inte skulle ha uttryckt det så på den tiden. Nästa morgon stod jag i badrummet där hemma och gjorde mig i ordning för att gå till jobbet, när Ruth påpekade att jag måste då sannerligen vara på gott humör, eftersom jag sjöng. Och det var sant; jag ville inget hellre än att öppna munnen och sjunga.

Alex och jag brukade träffas, en eller två gånger i veckan, hemma hos honom för att ha sex. Efter ett tag flyttade han till ett gammalt hyreshus i ett område närmare mig, den sortens hus som har en skranglig gammal hiss med metallgrind som kastar komplicerade skuggor i korridoren, och det är där jag alltid minns honom: sovrummets stearinljussken, en lång horisontell spegel bredvid sängen som han alltid hade övertäckt tills den behövdes, en flaska hudlotion som värmdes i en bytta med hett vatten, musik han gillade. Hans sång till mig var Phoebe Snows »Poetry Man« och liknande jazzbetonad R&B, eller den energiska men klagande Emmylou Harris, det var den sortens soundtrack våra nätter hade. Brinnande, nyfikna, utforskande nätter. Jag var den förste man han hade haft sex med och mina egna sexuella möten med män före honom var rent funktionella; vi hade ingen verklig kunskap och det låg glädje i att upptäcka den tillsammans. Hur kom det sig att man kunde ta en lång kuk i munnen utan att kväljas, och vilka läpp- eller tungrörelser kunde skapa njutning? Och knullandet, penetrationens vilda, tabubelagda mysterium? Alex prövade först, och upptäckte nästan genast att obehaget gav vika för våldsam njutning. Jag trodde aldrig att jag skulle klara av att ta emot något i röven, jag föreställde mig att jag helt enkelt inte var byggd på det sättet. Men Alex sa: Åh nej, om jag ska göra det så ska du också. Och efter den första paniken och spänningen – åh, stjärnor! Samma slags ofrivilliga flämtning som när man plötsligt ser vinterns stjärnor sprida sig över en svart himmel på landsbygden – den skalan, den skarpa känslan av möjlighet i luften.

Hur skulle dessa företeelser någonsin kunna beskrivas, hör de för alltid till det oskrivbaras sfär? Jag har pornografins språk, jag har anatomins eller medicinens språk, jag har omskrivningarnas språk och jag är inte nöjd med något av dem.

I Nick Flynns memoar *Ännu en jävla natt i Suck City* finns en lista, kanske två eller tre hundra ord för att vara full. Jag skulle kunna göra en sådan lista för att knulla och ändå inte komma ett dugg närmare det jag vill säga; det är som om den förvandlande kroppsliga erfarenheten lever på en sida av slöjan, och språket på den andra. Vad kan jag säga? Jag knullade honom, han knullade mig, och sedan brukade vi gå ut och ta en bit mat för att sedan komma tillbaka igen och fortsätta där vi slutat. Vilda nätter, vilda nätter! – hoppressade till diamantljus av hemlighet i nästan tre år. Vi talade aldrig med någon om våra nätter, inte ett enda ord.

När jag beskrev Gregoris fest, fokuserade jag på erfarenheten av att bära en mask, på den som tittar ut genom de begränsande ögonöppningarna. Men något sker också med den som betraktar den maskerade mannen. Allt som är dolt ges en mystisk kapacitet att innehålla mer än det som är öppet: det som vi inte helt kan se blir en behållare för betraktarens oartikulerade behov och outvecklade begär. I sin bok *Stealing the Mona Lisa* beskriver Darian Leader hur den nu så uttömda bilden blev ikonisk, en höjdpunkt av västerländskt måleri, först efter att den hade stulits från Louvren i början av nittonhundratalet. Folk brukade komma och betrakta tavlans frånvaro, stirra på platsen där den hade hängt.

På ett sätt delade jag och Alex denna dynamik. Vid den här tiden var jag inte redo att lämna Ruth: en komplex väv av skuld och skam och missuppfattade lojaliteter band mig till henne och Alex skakade häpet på huvudet åt det hela, men accepterade ändå situationen. Faktum var att inte heller han ville att vi skulle leva tillsammans: han tyckte om kvinnor också, och inledde en ny relation medan vi fortfarande lät timmarna brinna under våra hemliga nattliga vardagsnätter. Han sa att han inte kunde leva ett bögliv, han ville inte ha det stigmat; han kom från en liten stad i Dakota och hade varit en särling där hela sitt liv – han hade fått nog av att dömas. Hur skulle jag kunna kritisera det, jag som hade burit min äkta-make-mask i åratal?

Men så öppna våra kroppar var mot varandra! Kombinationen av total tillgänglighet och stängda dörrar – hur såg hans liv ut när jag inte var där, eller mitt utan honom? – var brännande, den eldade på vår passion, den tillät oss att älska och begära och behöva allt vi trodde kunde finnas bakom masken.

Det innebar också att när omständigheterna förändrades, så förändrades även vi. Mitt äktenskap gick slutligen i kras. Ruths drickande förvärrades. Jag fick täcka upp på hennes lektioner när hon var för sjuk för att jobba; jag släpade tillbaka de tomma flaskorna till den statliga spritbutiken med växande fasa över hur många det var; jag såg på när hon hånglade med en student i soffan, på en fest med Alain Robbe Grillets böcker som tema. Varje gäst hade fått en egen ankomsttid – 20.16, 21.27 – och för att leva upp till rollen hade Ruth och jag klätt oss i högtidskläder och små svarta masker, och jag bar en silvrig leksakspistol i ena handen. Jag drev på för att vi skulle börja i terapi; jag pratade och pratade – men aldrig om Alex och vårt förhållande, inte en enda gång – tills jag kunde räkna upp allt som band mig till det där huset där hon rasade och grät och tuppade av varenda natt. Vi skildes i en eldstorm av vrede och anklagelser: jag reste till Afrika i en månad, hon till psyket, och när jag kom tillbaka sa jag till henne att det var slut och hittade en billig liten lägenhet några kvarter bort, närmare universitetet – en dunkel liten plats där jag grät tappert, och snart upptäckte att jag tyckte mycket om att bo.

Men Alex då? Vi träffades ytterligare några gånger, men det var tydligt att villkoren hade förändrats. Jag var alltför tillgänglig; han var alltför intresserad av kvinnan han träffade. Allt kändes fel även om jag tyckte lika mycket om honom som jag alltid hade gjort och det fanns ett slags ljuvt, skenbart beständigt vänskapsband som höll oss samman.

En gång, innan jag var en nybliven fri man, råkade Alex ut för en olycka på sin skoter. Inget blev brutet men han var blåslagen och uppskrapad, huden på hans armar och ben och bröst misshandlad och täckt med sårskorpor. Jag hälsade på honom. Han återhämtade sig hemma hos en släkting – men vi var ensamma den eftermiddagen – och han låg i en stor vilstol, troligen lite snurrig av smärtstillande men så glad att se mig. Han hade bara på sig ett par gymnastikshorts och efter att vi pratat ett tag och han med allvarligt ansikte berättat om olyckan – hans ögon som vidgades när han beskrev hur han hade kastats av, ner i gruset, och hur han var medvetslös en stund, och vad han vaknade upp till – så knäböjde jag bredvid honom för att kyssa honom, först hans mun och sedan bägge hans mörka bröstvårtor, och en liten bit oskadad hud på hans mage. Sedan lirkade vi av hans gymnastikshorts och jag tog hans tunga kuk i munnen tills den var hård och sög den tills han kom. Han var så tacksam över denna behandling att han la handen på mitt huvud och grät.

Numer förstår jag att hans kropp – vacker om än inte någon sena tiders gymkropp, en bred bröstkorg med rik hårväxt, skägget som pekade neråt som för att understryka hans kropps symmetri, hans stora varma omfamning – var en av dörrarna som ledde till mitt verkliga liv.

Jag lämnade staden, flyttade för jobb och äventyr och för att distansera mig, när jag väl var redo för det, från mitt äktenskaps vrakspillror. Han gifte sig: jag träffade honom och den rara och roliga och varmhjärtade kvinna han hade gift sig med senare, och även om vi talade mycket om det förflutna nämnde vi aldrig våra gemensamma nätter, och än i denna dag har jag ingen aning om hur mycket hon visste eller vet. Därav behovet att fördunkla vissa detaljer här.

De inblandade kan förmodligen gissa hur som helst, men av respekt för henne vill jag låta de yttre omständigheterna förbli vaga. Det finns ingen annan att beskydda. Alex dog i förra veckan; jag fick höra det av en gemensam vän som jag hör av då och då. Ruth dog för några år sedan; hur hon överlevde så länge som hon gjorde är obegripligt. Hon var en sådan där missbrukare som har en konstitution av härdat stål, trots att hon ägnade en stor del av sitt liv åt att klaga över sin svaghet och sina behov. Hon var i själva verket lite av en pitbull, och med tiden landade vi i den sorts besvärade vänskap folk har som varit gifta för tjugo eller trettio år sedan.

Mina kära, vad skulle ni tänka om ni såg mig hos Gregori, där jag frivilligt arbetar i garderoben för en kväll, enbart för glädjen i att hjälpa dessa lustfyllda vackra män ut ur sina vardagsidentiteter och in i sin nakenhet och sedan ge dem maskerna? Det ger mig så mycket njutning att ha denna udda sociala roll, att hjälpa män slappna av, att visa dem vägen in i nattens sena timmar. Hur skulle ni någonsin kunna förstå de platser som jag har färdats till? ■

Citatet ur Czesław Miłosz *Ärlig beskrivning* är översatt av Nils-Åke Nilsson, Brombergs, 2011.

Citatet ur Walt Whitmans *Sången om mig själv* är översatt av Rolf Aggestam, FIB:s lyrikklubb, 1983.

Citatet ur William Blakes *Äktenskapet mellan himmel och helvete* är översatt av Folke Isaksson, Epokhe 1988.

GRANTA

VI ÄR HÄR FÖR ATT ÄLSKA

Stefan Lindberg

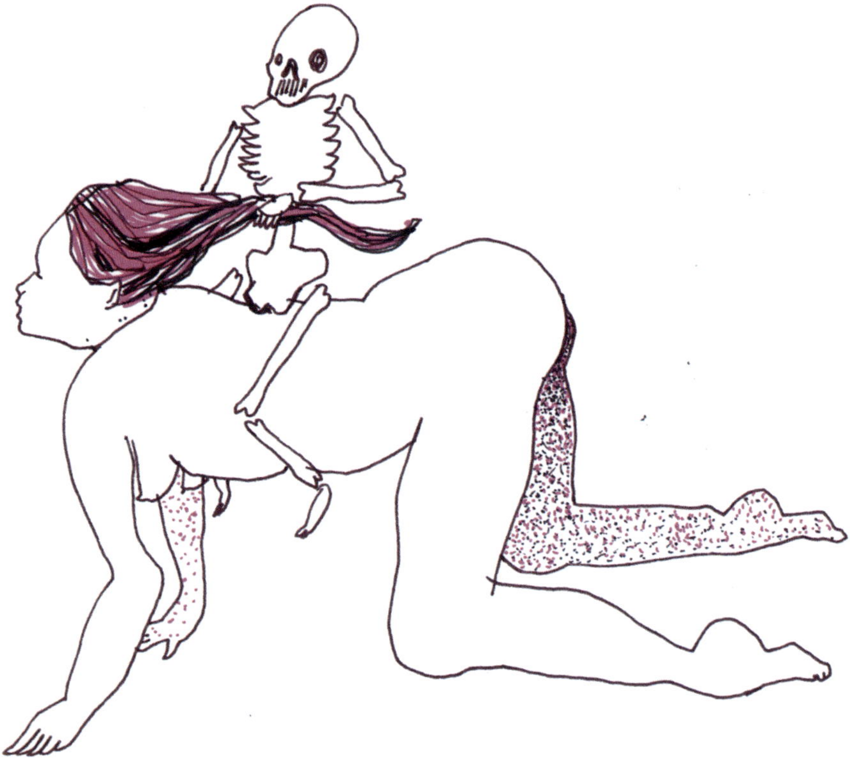

1.

FÖRSTA GÅNGEN TOM KOM FRAM var på utskottsminglet nere i Plan 4:s kantin. Så vacker. Kanske inte lika välbyggd som Niklas, men han var liksom framfusigare, mer slyngelaktig och androgyn, och de självsäkra fingrarna runt drinken fick en att vilja se mer. Jag vet inte om han nåtts av ryktet att jag var nyseparerad, eller om det bara var det att jag blivit invald i regeringen. Och det var ju inte precis någon hemlighet att jag var svältfödd. På allt. Jag hade gästspelat för länge som den perfekta hustrun. Jag kunde köra i sömnen mellan dagis och departementet och jag hade räckt upp handen på rätt ställe på alldeles för många partistämmor och föräldramöten, arbetat för två på bostadsrättsföreningens städdagar och lärt mig exakt när Matdax i Hökarängen hade rea på torskblock.

Och förlorat mitt libido på vägen.

Det var i alla fall vad Maja sa när hon ringde till hyresettan för att hetsa ut mig på stan eller Tinder. Hon påstod att Niklas tog för sig av den där Betty på hans byrå, den lilla kurviga med bröstvårtorna, och att om jag inte skulle dö svältdöden så var det dags att agera, och det nu.

Så jag besvarade Toms leende och funderade på var jag känt hans parfym någonstans.

Egentligen var det väl mest för att pröva.

»Vad gör du sen?« sa jag på ett sätt som lät förstå att det inte var någon fråga.

Hans ögon darrade för en kort sekund bort sig i min urringning, och i samma ögonblick (det finns inget annat sätt att förklara det på) stannade tiden. Nej, den gick bakåt. Jag blev arton igen och förvarade en bok bakom sängen där jag registrerade mina sexuella erfarenheter. Äldre män och yngre män, äldre kvinnor och yngre kvinnor, och två fingrar så långt upp det bara gick och ett annat som visste precis. Inifrån aulan hörde jag *Den blomstertid nu kommer* nå mig i avskildheten på elevtoaletten vid musiksalen där jag under den sista versens crescendo kunde stöna ut hela mitt jag i orgasmens grå ljus. Huvudet var fullt av mig och musikvikarie-Jonatan i materialrummet bland virveltrummor och hi-hats. Ordinarie musik-Kent som kom in och frågade vad vi höll på med egentligen. Förklarade för Jonatan hur man skulle behandla flickor som jag, drog skjortan över huvudet och visade sig plötsligt vara så mycket yngre än pappa.

Och det där fortsatte (mindes jag med Toms haka i handen) genom hela min ungdom. Envisheten, insamlandet av erfarenheter. Jag låg inte med de män jag ville ha, utan med de män jag såg upp till. Jag låg inte med dem för att jag ville *ha dem*, utan för att jag ville *vara dem* (och då förslog det inte alltid med musikvikarier).

Men så blev det nu igen och Tom och jag vaknade till liv i riksdagskorridoren. Två miljöpartister närmade sig och jag tvingades le att det var trevligt att ses, men att det skulle börja viskas om kohandel om han fortsatte att stå så nära.

Fem minuter senare svepte han om sig rocken och försvann ut i skymningen på ett sätt som skulle platsat i min ungdoms noteringsblock.

Kapitlet skulle kunnat heta: »En man jag vill ha.«

Redan nästa dag inledde vi vår tysta överenskommelse. Jag såg till att hamna bakom honom i restaurangkön, njöt av hans tysta nacke och lugna rygg, och insåg att jag någon gång måste få sticka in mina händer under hans skjorta. Nästa dag såg jag till att komma ut från överläggningarna samtidigt som han, men tappade honom genast till Lilja och Seglén, som med hjälp av en uppenbar lögn försökte få med honom en våning upp för att »signera en motion«.

Jag bet mig i tungan när jag såg att han följde med dem. Han var på fel ställe. Jag ville ha honom här, framför mig, få honom att vilja tro på att min hand en dag skulle leta sig innanför hans linning.

Och redan efter ett par minuter kände jag återigen hans parfym bakom ryggen. Han måste gjort processen kort med vad han nu hade för händer, sen sprungit ner hit och trängt sig före för att få platsen bakom mig.

Nu stod han där.

Det ilade till i bröstvårtorna när han flyttade sig närmare och jag nåddes av de första stråken av varm, lugn andning förbi nacke och hals.

Efter det var det igång. Vi tog sikte på varandra varje dag, lade möten och överläggningar så att vi så ofta som möjligt skulle få chans att njuta av vår tysta kättja intill varandra i restaurangkön. Hans fasta rumpa bara centimeter framför mitt kön, liksom tiggande om mina händer, fingrar, eller jag framför honom de dagar det var hans tur att få stå bakom och njuta av mig. Bara han som lade märke till min fjäderlätta putning. Bara han som kunde ana hur våt jag blev av de där nästanmötena.

Det hela höll på i cirka ett halvår, och för varje dag kom vi en eller ett par millimeter närmare varandra, tills vi en dag – strax före nästa utskottsmingel – hade kommit så nära att jag en lunch kände hans stånd mot min svank bara på hans sätt att andas.

Och kanske var det då jag bestämde mig för att låta honom smaka på mig. Trots att vi befann oss på var sin sida av blockgränsen, och att ett ytterligare närmande skulle kunna komma att omkullkasta flera budgetavgörande uppgörelser, skulle han snart få knäppa upp och slicka en aning på mina lår.

Så på nästa utskottsmingel agerade jag plötsligt. Bad honom att följa med bakom hörnet vid salladsautomaten, lydig som en hund var han, och där vände jag mig om och tryckte min ända mot hans stånd och slöt mina ögon. Han viskade nej, inte här, men jag sa att han skulle stå kvar, annars skulle jag låta det här komma ut, vilket skulle vara värre för honom än för mig, tro mig, sa jag. Och plötsligt ville han kyssa mig överallt. Halsen, nacken, kinderna, hakan. Men jag sköt undan honom. Konfirmerade att kusten var klar innan jag tog tag i hans slips och drog in honom på närmaste toalett. Jag gick ner på knä och fick, efter att äntligen ha lyckats bända ut honom ur byxorna, se att somligt som kvinnor skvallrar om i korridorerna faktiskt stämmer.

När jag tagit ett bättre tag om hans sprängande hårdhet tittade jag upp på honom och såg att hans ögon bedjande, nästan förfärat, fastnat på min tungspets. Strax skulle den, efter att mjukt ha markerat sin närvaro, långsamt glida i väg upp mot hans ollon.

Trodde han.

»Vad gör du?« bad han. »Snälla, fortsätt.«

»Fortsättning följer«, sa jag och ställde mig upp för att rätta till kjolen. »Nu går vi ut till de andra.«

Jag är glad att Niklas aldrig träffade Tom. För jag vet inte om han hade klarat det. Tom var liksom … lite bättre. Han var lite snyggare och lite intelligentare och lite roligare att vara ute med till sent på natten. Han gjorde en något bättre halvmara och han idiotbrydde sig inte så mycket om fotbollslag och whiskysorter. Och visst, okej, Niklas var också kul på Twitter och sa smarta saker om medielandskapet och *Turinhästen* och Palmemordet, men han var ändå inte lika kul och sa inte lika smarta saker som Tom, och att han var några år yngre verkade bara eggande på oss båda.

För Tom kunde liksom allt, framför allt kunde han knulla, och han ansåg att livet var en enda stor gruppdynamisk övning där det gällde att ha slickat på allt som var sött innan butiken var släckt och stängd.

Särskilt var det en några år äldre politisk fiende som stod i centrum för hans fokus.

Jag.

2.

Jag red honom och jag smekte honom och han vände på mig och jag satte mig grensle över honom och jag tryckte ner honom i den röda soffan på Hotell City i Flen och jag pressade mitt kön mot hans mun så att det enda man såg var en vackert välvd panna och ett par slutna ögon. Vi kallade varandra namn och okynnesringde på interntelefonen och utarbetade våra små lekar med en frenesi som givetvis hade en negativ inverkan på partiarbetet. Idén att vi skulle ha ständig tillgång till varandra var vår gemensamma, och han njöt varje gång han blev tillsagd att smita in bakvägen på mitt kontor, krypa ner under skrivbordet och vänta tills jag kom in och slog mig ner i stolen. Ordlöshet var ett krav, så också inlevelse, och det dröjde inte länge förrän han hade lärt sig exakt hur han skulle nypa i mina bröstvårtor när han slickade mig och exakt hur många fingrar han skulle använda när och hur och varför, och det räckte med att jag tittade ner på honom för att han skulle befria den där fantastiska kuken från vad han nu hade på sig och lydigt bestiga mig utan att släppa mina fingrar, mitt hårsvall, min fotled tills han gjort vad han skulle.

Så livet som nyskild var något schizofrent. Ojämna veckor var det streptokocker och dagislämningar, och jämna veckor var det fellatio på olika Best Western-hotell i Mälardalen. Tom tyckte att det minst sagt var kittlande och spekulerade i om Stefan skulle klara en Fp/S-relation så tätt inpå Decemberöverenskommelsen. Vem bryr sig, sa jag och drog ner honom under täcket och bad honom att berätta om Lilja och Seglén.

På FN-galan hade den förföriska duon nästan stirrat ihjäl mig när de förstod att Toms blickar inte längre föll på dem. Jag vet att de lyckades få iväg honom till vilrummet på Plan 3 några gånger även efter det att han skiftat fokus, men deras frustration (framför allt vid biblioteksinvigningen i Nässjö) gick inte att ta miste på. Toms oavvända uppmärksamhet på allt jag sa, mina lockar, ögon och nyckelben, talade sitt tydliga språk. De var förlorarna. Det spelade ingen roll hur mycket de försökte med bröst och höfter (Lilja) eller gasellfysionomi (Seglén).

Nu satte sig Tom upp med rufsfrisyren och tittade ut över motorvägspåfarterna. »Tvåvägsgasellerna från handelsdepartementet!«, utropade han. Förklarade att han snott dem från Mahmoud en fredagskväll nere på Klubben (jag återkommer till den) eller om det var från Jörgen, statssekreteraren som mest skördade omkring uppe på UD.

Faktum är att ju mer han berättade om de sexuella förvecklingarna i riksdagshuset förstod jag att han aldrig skulle ha orkat leva på det viset om han löpt risken att bli kär. Han kunde inte bli det, sa han, eller jo, han hade varit det när han gick på folkhögskola, men hon var

23 år äldre och gift. Och det var hon som lärt honom »hedonismen«, sa han, och allt om hur man njuter av ny hud och nya kontakter. Av mig. Och även om jag fortfarande inte stiftat bekantskap med Kjell-Oves övertygade stötar (och därför fortfarande levde i villfarelsen att storleken inte spelade någon roll) hade han händer och en mun som var grekisk och en allestädes närvarande uppmärksamhet på mina minsta nycker. Och han kunde inte bli kär, det visste alla, och därför var han också ofarlig.

Ibland kändes det faktiskt som om jag hade blivit likadan. Jag älskade att inte älska! Tidigare i livet, speciellt kring puberteten, hade jag blivit patologiskt förälskad av minsta beröring. Då räckte det med att någon kom fram på en skoldans och började fumla runt med läpparna i mitt ansikte och händerna under min tröja så var det kört. Sen fick man åka Epatraktor och lyssna på Europe i ett halvår för att få tillgång till köttets mysterium på något pojkrum intill en skog där ugglorna satt och hoade.

Nu riktades hela min kärlek mot hotellnätterna med Tom, och jag skulle kunna berätta hur mycket som helst om hans retsamma tunga.

Men först bara något kort om Lilja och Seglén.

För det var som Tom sa: att de där två får vad de vill ha i slutändan.

När de inte längre hade tillgång till objektet för sina begär, riktade de in sig på det begärda objektets begärda objekt.

Alltså mig.

3.

Jag tror att det var på Bommersvik första gången, jag hade telefonbråkat med Niklas om sommarschemat i säkert en timme när det knackade på dörren. Jag skulle leda ett seminarium senare på kvällen och hade verkligen inte tid, men ropade kom in och inget hände. Jag sa till Niklas att jag skulle ringa upp om en liten stund, han skrek din jävla fitta och jag lade på och gick iväg mot dörren insvept i täcket.

Jag frågade vem det var, men fick inget svar.

Jag frågade en gång till, inget svar en gång till, så jag öppnade en aning och kikade ut genom dörrspringan.

Där luktade det sommar och för mycket Byredo. Rosé och schweizernöt. Seglén vickade till på klackarna och Lilja klippte med ögonfransarna under luggen.

De frågade var jag hade varit hela dagen, de hade letat efter mig, sa de, skulle jag inte ha seminarium? Och varför hade jag bara täcke på mig? Sen frågade de mig om det var något, och det sa jag att det var det inte, det vara bara det att …

»Släpp in oss«, beordrade Seglén.

»Det är något«, konstaterade Lilja och satte sin perfekta fot i dörrspringan samtidigt som Seglén drog upp dörren och virvlade in på rummet i sin lite för tunna gula klänning.

»Tom är inte här«, sa jag.

De tittade på varandra som två Helmut Newton-tvillingar och frågade varför han skulle vara det.

»Kan vi göra något?« sa Lilja.

»Vi väntar här«, konstaterade Seglén.

De slängde sig på sängen och fattade inte hur jag kunnat få bästa rummet (med tanke på min kassa ministerpost) och tvingade mig att berätta vad det var som tyngde mig. Jag såg förfärlig ut, sa Seglén, så det var bara att komma och sätta sig hos dem och lätta sitt hjärta, sa Lilja.

Jag suckade och satte mig på sängkanten, vilket tydligen inte dög, för Seglén började klappa med handen på den tomma platsen mellan dem i dubbelsängen. Jag hasade mig dit och berättade att jag och Niklas bestämt oss för att gå isär och att det inte var så många som kände till det, och att det här var första sommaren som vi inte skulle vara tillsammans. Och att jag inte riktigt visste vart det här med Tom skulle leda, att jag egentligen inte ville att det skulle leda någonstans.

Då knackade det på dörren igen.

Det var Olle M, den nye partisekreteraren.

Jag hann inte svara förrän Seglén var uppe på de skulpturala benen och stegade iväg mot dörren, öppnade den en centimeter och sa att jag var opasslig. Alltså *verkligen*. Och att de skulle ta hand om mig och att jag kanske kunde komma ner sen.

»Vi kanske borde gå ner«, sa jag när Seglén dragit igen dörren om Olle.

»Berätta mer om dig själv«, sa Lilja som suttit fast med ögonen i min halsgrop ända sedan Seglén sagt det där om att »ta hand om mig«.

Och så kände jag plötsligt att det var så länge sedan någon (som inte var Maja) frågade hur det var. Så det sa jag. Och började nästan gråta. Och Lilja sa att loppet var absolut inte kört, med Niklas alltså, men nu skulle jag bara ta det lugnt så skulle de ta hand om resten.

»Jag fattar inte var jag har lagt manuset till föreläsningen«, försökte jag. »Eller skit samma.«

Seglén var tillbaka i sängen, satt lätt bakåtlutad, stödd på händerna bakom sig och hade redan börjat få av sig sina högklackade skor. Sa att det är så viktigt att prata. Men också att inte göra det! sa Lilja, för de förstod precis och jag skulle ligga exakt så som de lade mig nu, på sidan mellan dem, och bara vara. Låta Seglén hålla om mig bakifrån och omfamna Lilja på precis samma sätt. Och bara gråta ut om jag kände för det.

Så det gjorde jag. I en timme nästan. Tills vi somnade och vaknade av solen över sjön och jag förstod att nu hade livet blivit på ett nytt sätt. För här fanns ingen Maja, ingen Niklas, men det fanns en ny värld på långa ben (Seglén) och de vackraste brösten på hela kanslihuset (Tom om Lilja) och beringade fingrar på händer som enligt samme Tom var förtrogna med det allra mesta.

Och gott så. Det var så här det var nu. »Framåt!« tänkte jag lite backfischaktigt. »Livet, här kommer jag!«

Och så låg vi där och tittade ut på sommarkvällen över Yngern och pratade om allt mellan himmel och jord. Om att det var så tråkigt med köttfärssås. Om att Mahmoud var helt okej, men att han tyvärr var på väg att gifta sig med Ingeborg på handelsdepartementet (barnarov!). Och vi pratade om en massa fjantigt och de var verkligen fina mot mig. Vi pratade om *Grottbjörnens folk* och *Hästarnas dal* och att Lilja hade varit Jondalarfreak, medan Seglén alltid bläddrat tillbaka till de avsnitten där Ayla lät sig lägras av den där neanderthalaren som aldrig lade något emellan. Verkligen opassande, sa vi. Tantsnusk! sa vi. Och kom inte på vad den där neanderthalaren hetat. Alltså vi kom inte på det! Lilja sa att det kanske var för att alla män var neanderthalare och så in i helvete utbytbara att man inte ens kom ihåg deras namn!

Och så skrattade vi. Tills det plötsligt blev tyst och jag märkte att min hand hade glidit upp från Liljas mage och nu höll om hennes vänstra bröst.

Det formade sig under min hand, jag hade aldrig känt så.

»Hallå, vad håller ni på med!« utbrast Seglén.

Ett tyst litet stön från Lilja och ett »inget« från mig. Lilja hade nu lagt sin varma hand ovanpå min och hennes bröstvårta började just markeras under klänningen. Och så vände hon sig om mot mig med slutna ögon och sa att det var så jävla outhärdligt med mig i korridorerna hela dagarna. Segléns målmedvetna hand hamnade om mitt bröst och hennes läppar letade sig fram över min nacke medan Lilja kysste min haka och jag lutade mig tillbaka och lät kvällen komma.

Sen vidtog en halvtimmes händer innanför blusar och hetsningar om vems tur det var att kyssa mig nu. Så fort de bytte begav den andra sig på utflykt över min kropp med sina läppar och sin tunga. Händerna. Men de kunde inte heller låta bli varandra. De var så vana märkte man. Och samkörda. Men tappade ändå koncepten ju mer kläder de lyckades smeka av mig.

Någonstans i mitten av alltihop ringde de från receptionen och undrade hur det skulle gå med mitt seminarium om barnomsorgen, men Seglén sprang upp och tog det och sa att det tyvärr var omöjligt, pekade på mig att ligga kvar med benen så där brett isär och bannade Lilja med fingret för att njuta för mycket av mina kyssar.

Sen förklarade hon för receptionisten att hon var tvungen att lägga på för nu skulle hon ta hand om mig.

Kastade telefonen på golvet och kom tillbaka till oss.

4.

Några dagar senare lade jag märke till en lika märklig som ohelig allians nere i riksdagsrestaurangen. Toms ryggtavla kunde jag frammana i drömmen, men den lite rultiga karaktären mittemot honom tog det ett tag innan jag kände igen.

Kjell-Ove Peterson från försvarsutskottet!

Vad pratade han med Tom om?

Först tänkte jag att Tom försökte få till någon form av alliansuppgörelse, men insåg genast att jag inte kunde föreställa mig på vilket område. Toms kulturpolitiska portföljmodell och Kjell-Oves haubitsar befann ju sig på ett ganska stort avstånd från varandra.

Det kunde man däremot inte säga om Tom och Kjell-Ove själva, som satt fem bord bort och lutade ansiktena mot varandra för att ge viskningarna exakt rätt intimitet. Och det var inte förrän Tom kastade en förstulen blick på mig som jag började ana vem och vad de pratade om.

Tom satt och gjorde något med sina händer. Hans delikata fingrar höll på att smeka fram något ur luften bara någon decimeter framför Kjell-Oves fulla uppmärksamhet. Något mjukt, varmt, följsamt som man kunde få hur mycket man ville av om man bara gjorde exakt som det mjuka, varma ville.

Efter ett kort möte med Kjell-Oves mörka blick förstod jag till min fasa vad det var som Tom satt och visualiserade.

Han beskrev insidan av mina lår och de spänstiga ljumskarna. Mina dofter. Nu började han leka fram området upp mot mitt välformulerade kön.

Men så stannade Toms hand på Kjell-Oves order. En hemlighet karlar emellan och en vit klockhand kring en perfekt ådrad handled. Fy fan. Fy. Fan. Det här skulle jag rapportera. Eller anmäla heter det. Jag blev så jävla kåt. Jag ville hitta Toms ögon så att han förstod att nu var det jag som skulle göra mig fri från trosorna. Precis som han sagt. Jag ville hitta hans ögon så att han förstod att det var dags för honom att smita upp på mitt kontor och gömma sig i det dolda benutrymmet under skrivbordet.

Efter lunch ringde Maja och berättade att hon varit ute med Niklas och att han var ett jävla ras. De hade varit där längst upp på Drottninggatan och framför allt Betty hade gjort allt som stod i hennes makt för att få dela taxi med honom hem. Men han såg ingenting, tydligen. Drack inget heller. Och så sa Maja att jag fick ta och sy ihop det där, för vi hade varit tillsammans så länge att hon tyckte det kändes jätteovant när vi inte var det. Och tänk om någon kom och tog honom nu. Framför hennes ögon. Eller mina, menade hon. Tänk det, sa hon.

Eftermiddagen fortsatte i samma stil. Folk som vill ha saker av en och gör allt för att man ska få en skitdag. Jag var trött, förnedrad i utskottet och ville bara hem. Strax. För först skulle Tom få göra det han gjorde bäst, och jag smet in på toaletten vid vattenmaskinen för att göra mig kvitt från de konkreta hindren.

Jag tittade på mig själv i spegeln. Urlakad, trött. När jag steg ur trosorna fastnade de i den (enligt Berit från Broderskaparna) *onödigt höga* klacken och det gick en liten reva i tyget. De sista röda. Jag spolade ner dem i toaletten och mindes den tid när jag inte brydde mig om vad jag hade på mig under.

Sen stängde jag toalettdörren och gick iväg nerför korridoren. Sa hej till vakten utanför mitt kontor som aldrig kan hålla ögonen från mina ben.

Om han bara visste, tänkte jag. Öppnade dörren till mitt rum och gled in i mörkret med vaktens ögon i kors av min stjärt.

Precis innan jag slog igen dörren om mig lade jag ett extra retsamt vickande till mitt putande och vände mig hastigt om mot honom.

Han såg paralyserad, nästan död, ut och man såg tungspetsen sticka ut. Ansiktet lutade något och han ryckte till när jag frågade om någonting var på tok.

»Va?« var det enda han fick ur sig. »Hej. Eller vad sa du?«

Sen kom jag in på kontoret där mälarkvällningen låg blå utanför fönstren. Jag kände för att bryta överenskommelsen och säga något till Tom där han satt gömd under skrivbordet, men insåg att det skulle utgöra ett hot mot min orgasm. Det var inte värt det. Men de där orden hade börjat pocka på, jag ville tala med honom, säga något, prata. Det var något med själva knullandet och slickandet under det där skrivbordet som hade börjat tära på mig.

Men det var så här det var bestämt. Ta av dig trosorna och gå in och sätt dig i din stol. Sära på benen. Men långsamt! Sen är det bara att vänta.

Jag kände att han var där nere. Det fanns en närvaro i rummet, en något annorlunda närvaro kanske, men en annorlundahet som jag skrev på trötthetskontot. Jag var frustrerad och ville komma, tänkte på det där som Maja brukade säga: att världen bara är en spegling av vårt inre, vad menade hon med det?

Men nu började jag bli frustrerad. Jag behövde det här, jag ville att det skulle gå för mig innan den där jävla mammaveckan tog sin början med grötgegg och föräldramöten med skithuven från Onsala som undrade varför det inte fanns något ekologiskt alternativ i skolmatsalen.

Jag fick inte titta, det visste jag, men kunde jag inte få känna? Han var ju där. Hans andning var det, jag kände hans varma utandningsluft mot min fitta. Varför skulle han retas så här? Jag orkade inte, så jag lade min hand på hans huvud för att dra in honom mot mig så att han kunde göra sitt jobb.

Det var som att svepa det man tror är ett glas vatten men märka att det är sprit. Jag måste ha skrikit till, för vakten kom inrusande och undrade vad som stod på.

»Va?« flämtade jag. »Inget.«

Jävla, jävla, jävla skit.

»Du skrek«, sa han och tittade sig omkring i rummet.

Nu förstod jag vad det var de hade suttit och planerat nere i kantinen.

»Nej, tänd inte!« fick jag ur mig när han sträckte sig efter strömbrytaren.

Jag satt med högerhanden på den bleka flinten under mitt skrivbord. Mellan mina ben. Lår. Det där jävla lugnet och den lätta pusten av exakt samma pomada som mina kompisars farsor hade när de kom och hämtade på ridklubben i slutet av åttiotalet.

»Är det säkert att allt är okej?« sa han.

»Ja! Men gå! Eller nej, det är bra, jag ska bara …«

Plötsligt började det stora huvudet närma sig min fitta där nere under skrivbordet och det fanns ingenting att göra för att hindra det, så jag särade på benen, tänkte: okej då, ta mig.

Men när jag gjorde det stannade han, jag förstod ingenting.

»Jag tycker att det är konstigt att du bara skriker till så där«, sa vakten och började fingra på sin telefon. »Egentligen skulle jag vilja ta det här med security.«

I samma ögonblick placerade Kjell-Ove sin tjocka kattunga mot mitt anus och lät den i ett lugnt drag svepa upp längs hela mig.

»AAAAH!«

»Hur är det?« sa vakten.

Läpparna särade på sig och hans flödesrika tungvirvlar började cirkla kring min klitoris, som om han gjort samma sak på hela den kvinnliga delen av sin partigrupp. Han var så iskallt konkret och medveten, ändå rörde han inte vid epicentrum en enda gång.

»Jag tror att du måste gå nu«, försökte jag. »Jag behöver vara ensam en stund.«

Nu var det så skönt att jag höll på att kräkas.

»Jag får ta kontakt med SÄPO-killarna om det här.«

»Åh!«

Jag hade tryckt ihop mina lår igen, jag skulle komma när som helst, jag tog tag om hans trolliga öron och försökte styra in hans cirkelrörelser över min klitoris. Men nej. Han var bara lugn, han var metod, inställd överenskommelse.

Då hörde jag steg ute i korridoren.

»Aaaah, vad aaaah då?«

»Det var snabbt jobbat«, sa vakten.

Genast tryckte jag bort ansiktet och den styva nacken från mitt sköte. Sköt bak stolen och hann skymta en skugga där nere. Kände med handen om det rann längs mina ben, det gjorde det, och såg två lite för solbrända killar som jag kände igen från säkerhetsdragningarna komma in och börja söka igenom rummet.

»Vad gör ni här!«

»Du ringde«, sa den blonde.

»Nu tar vi det lugnt«, sa den andre.

Vad skulle hända om de hittade honom? Kjell-Oves karriär var ändå snart slut. Hur gammal kan han ha varit? 65–70? Åtminstone så gammal att han struntade blankt i om han blev upptäckt under mitt skrivbord. Jag däremot, visste att det här skulle vara ute på fem sekunder, och sen skulle jag förpassas tillbaka till lokalpolitiken och de skulle backa in någon ohängd SSU-are som skulle få ta hand om familjefrågorna.

Jag ställde mig upp utan att rätta till kjolen.

»Kan ni gå ut!« röt jag.

De hade inte på mitt rum att göra. Jag var faktiskt tragisk och nyskild och fick väl sitta här inne på mitt folkvalda rum och skrika hur mycket jag ville.

Så de gick. Och jag andades ut. Och det blev tyst och mörkt men det var fortfarande blått ute över Mälaren. Jag satte mig ner i stolen och jag körde in handen i mörkret och fick ut en handfull tweedkavaj och Kjell-Oves ansikte och en fortsatt full fixering på mina privata delar.

»Jag kanske ska gå?« försökte han.

»Du avslutar det du har påbörjat«, sa jag skarpt, lade mig bakåt i stolen och rullade in mitt öppna kön i dunklet.

5.

Våren kom med en annan ton i luften. Järnsmaken försvann ur våra munnar och pappersark makulerades och efterfrågades igen samma morgon. Lunken som förgör. Men som tur var: morgontrötta ögon kompenserades av en intensiv närvaro så fort jag närmade mig mitt arbete. Det gällde att vara ständigt beredd på vad som komma skulle.

Vissa kvällar när jag stod på mitt tjänsterum och tittade ut över Strömmen behövde jag inte ens vända mig om för att förstå att han var där. Beundrade skulderblad och andades så där lugnt som bara han kunde. När jag mindes hur hans kuk trängde in i mig på Folk och Försvar blev det svart för ögonen och jag ville åka hem. Men jag hade inget hem. Jag hade bara en av LO:s hyresettor och ett halvt radhus i Farsta de veckorna jag hade barnen.

Jag vände mig om. Han tittade inte ens på mig. Stod bara och log rakt in i mina bröst, som om jag inte var där, aldrig hade funnits. Jag lade handen mellan hans ben, men han var slak och liten. Det gjorde mig förbannad. Jag var våt genom trosorna, märkte jag, och det provocerade mig att han inte kände likadant.

Jag ställde mig lite isär med benen. Ville han att jag gjorde så? Jag såg att hans leende kom sig av att han styrde mig. Jag var en radiobil. Han var en hand som långsamt och nästan vänligt lyfte upp den veckade kjolen.

Men så försvann plötsligt hans flin och hela han blev förtrolighet.

»Jag uppskattar verkligen våra blocköverskridande kontakter«, sa han.

Jag började skratta av alltings fånighet. Vem var han? En gubbe som kunde få stånd. Men så tryckte han upp sitt korta, grova finger i min våta fitta, lutade lite på ansiktet och sa:

»Du tar inte riktigt det här på allvar«, tror jag.

»Va?« sa jag. »Jo, jo, absolut.«

Och så drog han ut det.

»Nej«, flämtade jag. »Sluta inte.«

I nästa stund bytte han position, tummen nu i vaginan, och började leta efter mitt anus med något annat jävla finger. Jag hatade honom. Han var så kort, tjock och grov och grät aldrig efter mamma. Men han kunde vända på mig. Aj. Där stod jag. Tittade ut över Strömmen igen och hörde honom öppna livremmen med ett metodiskt lugn.

Vad gjorde han? Jag såg inget. Jo, Skeppsholmen, Norstedts förlag och Kungsholmen till höger. Och han hade dragit upp kjolen, kände jag. Stod väl och njöt av åsynen av det som var hans, den jävla centerpartisten. Nej. Det här gick inte längre, det var löjligt, jag ville hem. Men då böjde han sig ner med ett stön och gapade in cirka halva min högra skinka i munnen.

Jag ville se, alltså jag ville det. Jag tittade tillbaka och ner och han tittade upp, släppte greppet med munnen och gav mig en lite för hård klatsch med handen över den salivvåta delen av skinkan. Han fick inte det! Vad. Fick. Honom. Att. Tro. Jag försökte förklara för honom att det där inte gick för sig, men då var han redan på fötter igen. Och när jag skulle snurra runt för att säga till på skarpen tog han tag om min midja och kallade mig för sin lilla ponny. Han sa något om det, om häst, men jag uppfattade inte riktigt vad.

För nu styrde han in sig. Och. Åååh, nej. Nnnn…

Jag visste att om jag lät mitt finger glida ner på mig själv nu skulle det gå för mig på en gång. Jag stod redan på tå och darrade i takt med hans stötar och det sista jag såg innan yrselmörkret var min ena hand som försvann in, under mig och den andra som försökte krafsa sönder skrivbordet med sin ensamma vigselring.

Men vad nu? Plötsligt avbröts det utlovade lugnet och det blev oskakigt och ljust, mjukt. Han hade hastigt dragit sig ur mig och var redan på väg mot skinnsoffan i sällskap av skjorta, bar underkropp och den värsta kuk jag någonsin sett. Jag darrade till på riktigt och föll ihop som ett trasigt paraply i länstolen.

»Snälla Kjell-Ove«, sa jag, »plåga mig inte så här!«

Han slängde undan min pressekreterares kvarglömda New Statesman och satte sig till rätta i soffan. Sen tryckte han undan soffbordet med foten så att vårbudgeten föll i golvet och pekade på mig. Lade skjortsnibbarna åt sidan, blottade magen och den där vad det nu var som ståtade ur hans epicentrum.

»Nu tar vi och fördjupar det här samarbetet«, förklarade han samtidigt som han tog ett grovt tag om kuken. »Hopp upp!«

Jag vet inte om det var den eller mig han talade till.

6.

Och det var väl ungefär i den vevan som det började bli lite för mycket. Av det goda, liksom. För allt är inte bara sex. Man vill plocka svamp och göra Spotify-listor också. Syssla med barn och Facebook. Men Toms och Kjell-Oves och Liljas och Segléns libidon ångade vidare och det fortsatte att säga pling i telefonen. Hela tiden. Och jag fortsatte att springa ut och in genom min egen och andras lust hela den vintern. Måndag: Seglén som putade i ingenting annat än skor i kopiatorrummet på Plan 2B. Tisdag: enbart Lilja, och Tom som inte fick vara med. Onsdag: Kjell-Ove igen och Tom som fick vara med och visade att han kunde gapa. Torsdag: föräldramöte i Farsta och fredag konferens i Örebro och Tom som samma kväll lyckades smita in fast det var Ladies' Night nere på Klubben.

Jag hade hört mycket talas om Klubben, men ännu inte förlorat mig själv i dess orgier. Kanske var det början på slutet, alltså när jag gjorde det, men olyckliga filmer kom ut och det fanns element där nere som vi inte litade på. Så länge S-kvinnorna höll i det var det okej, men sen blev det bråk om intagningar och moderaterna ville ha specialkvällar för ungdomsförbundet och så gick det hela åt helvete.

Men nu lunchade jag och Tom på Medelhavsmuseets kafé och försökte prata om livet. Det gick inte. I stället började han beskriva fredagens klubbkväll och MP-bögarna på ett upplyst podium, nakna på var sin stol med fantastiska kukar. Han med längst skägg hade gått ner på honom med lite kortare skägg, förklarade han. Sen bytte de plats, och när den sugande parten satte sig på sin stol gick den andre ner, nej, dök gjorde han, så att knäskålarna slog i golvet när han flämtade in den andres kuk i sin mumlande mun. Men allt gick mycket disciplinerat till, förklarade han. Och inget hände. Inte ens när det höll på att gå för honom med det lite kortare skägget gick publiken till handgripligheter. För tydligen hade folk satsat pengar, sa Tom samtidigt som han märkte att mina tankar verkade vara någon annanstans. Det gällde att hålla sig längst, sa han. Den långskäggige hade gått ner på knä och lockat den kortskäggiges ben att skaka av lust innan han drog munnen från hans blåsvullna ollon. Och sen den andre. Och sen den förste igen. Och sen den andre en gång till. Den långskäggige blev tagen av stunden och klappade ömsint den andres hår, men då var det snabb smäll med handen på handen och sen fullt fokus igen.

Tom märkte inte att kaffet på maten hade kallnat i hans kopp.

»Vilken jävla grej va?« sa han.

»Hade de inga namn?« undrade jag. »Vad hette de?«

»Ingen jävla aning«, sa Tom. »Men suga kunde de!«

Även Kjell-Ove fortsatte att förfölja mig ett tag. Blev liten och ful och gnyig på det där sättet som inte väcker någon kvinnas lust. Han sa att jag ju hade ändrat mig om att storleken inte hade någon betydelse. Han berättade hur jag hade lovordat hans kuk innan jag med stor möda försökt få in den i munnen. Men jag sa att det räckte inte bara med kuk. Jag sa att jag inte ville fördjupa något jävla samarbete längre. Han hade fått sitta millimeter från den zon som det här landets socialdemokratiska väljare hade fantiserat om ända tills Decemberöverenskommelsen förpassade mig ut i det stora mörkret. Han hade till och med fått knulla mig på alla tänkbara sätt på mitt kontor, men han hade också sett hur jag långsamt börjat lämna min kropp, plötsligt inte var där, jag var kall, avstängd, utförde handlingar och munrörelser som vem som helst. Exklusiviteten var försvunnen och han fick mig inte längre, det spelade liksom ingen roll med vilken noggrannhet han delade ut sina stötar.

Och visst. Även den sista tiden var blicken som jag gav honom, när han vältrade sin håriga bringa över mig och låste fast mina händer i ett varmt och obarmhärtigt dubbellås ovanför mitt huvud, den man skänker en härförare. Men han hade förvandlats till en härförare som visste att hans trupper var beroende av legosoldater. Som lydde för att de måste och inte hade något annat för sig. Som tröttnat på att använda en fetlagd centerpartist för att frigöra sig från åren i träda på Västgötavägen 35c i Farsta.

Samma vecka träffade jag Niklas på ett mingel på Svenska Institutet.

Han kom fram till mig och sa att han tänkte på mig hela tiden.

Det var så konstigt.

Jag såg ingen skillnad på honom och på alla andra. Vi var alla ett. Varat var lust. Men också lite längtan.

Efteråt gick vi hem till min LO-etta och hade sex hela natten. Eller nästan i alla fall. Och två måndagar senare flyttade jag tillbaka till Farsta.

7.

Den första morgonen tillsammans i radhuset vaknade vi tidigt. Hans ena hand vilade på mitt högra bröst och jag såg att det var något i hans ögon.

Jag hävde mig upp på armbågen och frågade vad det var.

Han sa »inget«, men jag såg att han ljög. Hans ögon såg flimriga ut, ett slags barnutseende som män inte kan dölja.

Jag bad honom berätta, och när han inte ville det bad jag honom igen.

»Tänk om du blir ledsen«, sa han.

Betty på Byrån. Slampan med brösten som fick varje man mellan 15 och 95 att kräla i vilken smuts som helst. Hon var ju sjuk, bipolär, men det var väl bara tändvätska.

»Det gör inget, Niklas«, sa jag. »Vi går vidare.«

Nu rynkade han på näsan som om han inte förstod.

»Om du skulle ha råkat vara med någon annan«, fortsatte jag. »Det är okej. Det behöver inte betyda någonting.«

Då rafsade han ihop täcket omkring sig och satte sig upp så snabbt att man skulle förstå att han verkligen inte höll med.

»Det är klart att jag inte har varit med någon annan!« fräste han.

»Men vad är det då?«

»Vi skulle ju bara ha 'paus'«, sa du.

Jag sa hans namn och då lugnade han ner sig. Nästan. Hans ansikte liksom … tryggnade, och så sa han:

»Men jag har en fantasi.«

»Du är för gullig. Men kom, knulla mig nu, kom hit får jag känna.«

»Om Maja.«

Jaha. Maja. Varför inte? Vem har inte fantiserat om Maja? Och jag ville ju inte förneka honom hans lust på samma sätt som jag gjort med min egen alla de här åren så jag sa:

»Är det något som du vill att vi … så att säga förverkligar?«

Och då. I *exakt* tre sekunder såg jag hur en man ser ut när han står på toppen av världen. När allt är möjligt. Innan överjaget hinner i fatt honom, river tag i kragen och skriker att »vad fan håller du på med!«.

Ändå såg jag Majas överkropp få liv i hans ögon. Hennes charm efter drinkarna, hennes vänlighet, hennes lila polo. Hennes ridande kropp och hennes väldresserade midja, höfter, min röst i hans öra som viskade »du får, du får«.

Och så drog han en djup suck och rullade över på rygg för att lägga sig och tänka på det som får tänkas men inte kan förverkligas. Och det gick en stund och det var säkert en halvtimme sen jag senast greppade hans spända skinkor och förbjöd honom att sluta.

Plötsligt hävde han sig upp på en armbåge och jag fick full utsikt, glömde hans ögon och stack in handen under täcket ner mot hans …

Men då fångade han in mig med ett grepp om min handled.

Han sa »lägg dig ner«.

Och jag gjorde som han sa.

»På rygg.«

Och min man, Kim Niklas Sundén, talade fram Maja (som egentligen heter något annat) och lade henne på ena sidan om mig. Maja, med sitt korta hår och djupblå röstläge, som inte riktigt fick plats i den här berättelsen. Som nu lade upp en hand på mitt lediga bröst och visade hur Niklas skulle göra. Med tungan och bröstvårtan när världen ska fyllas av blod. Och deras blickar möttes och sen hade jag deras händer över min mage, överallt. Erfor saker jag inte gjort sen den tid då kåthet och kissnödighet var samma sak, och min kättja förpassades till hamstergos och gnuggandet av kortlekens knektar mot utvalda delar av min granne Josefin Lennartssons kropp.

Och så reste han min bröstvårta med sin tunga, liksom kittlade upp den, och visade Maja hur jag tyckte om när man gjorde. Och hon gjorde likadant. De delade på mig till ljudet av vällustiga småstön. Och det var något helt annat än när tvillingarna gjorde det när de var små. Ändå kom minnet tillbaka. För under tiden i regeringsställning – det kom jag att tänka på nu – hade jag inte en enda gång låtit en man och en kvinna samtidigt suga på mina bröstvårtor. Känt dem dra i mig med sina läppar. Låtit deras händer sära på mina lår för att göra mig fullständigt deras.

Maja vätte ner sitt finger från mig och började cirkulera det på ett allt annat än vänskapligt sätt. Niklas såg hur jag svarade på hennes kyss och visste att tungan som skymtade mellan mina våta läppar var en bön om mer. Någonting spelade till under huden i Niklas underarm, en omgruppering av muskler, som fick Maja att släppa mina läppar med sina tänder, och inte heller hon kunde sluta titta när han ställde sig på knä med sin tunga, hårda kuk. Hon bad mig om lov att få smaka. Absolut inte. För nu skulle Niklas lägga mig till rätta och hon glida ner och använda läppar, tunga, medan han höll fast min överkropp så att jag inte kunde smita.

Den eftermiddagen ringde vi och bad att få hämta barnen några timmar senare. Niklas behandlade mig som en ägodel han aldrig skulle byta bort. Inte för att han inte ville, utan för att han inte kunde. Han tog mig. Jag fastnade med handen i hans öra och vred till, fick ner honom på rygg och kände min kropps gränser upphävas mot hans när jag red honom lite för hårt, han såg förskräckt ut, han behövde det, men det var först nu han förstod det, och han välte tillbaka mig och visade mig allt som jag glömt att jag inte visste.

Och efteråt i köket höll han med om att alla fantasier kanske inte måste förverkligas. Eller hur. Jag sa att vi får inte bli murar som rasar, och han höll med fast han inte riktigt fick med sig bildspråket.

Vi hade ju faktiskt varandra.

Och sen gick vi och lade oss igen och jag somnade och drömde en så fruktansvärd dröm. Det var fest i kammaren och alla som jag någonsin känt var där. Och de var nakna. En beslutsam Kjell-Ove tog Lilja bakifrån som ändå nådde att kyssa Tom som, även han på alla fyra, med slutna ögon och öppen mun lät sig betäckas av Seglén som hade bundit på sig en strap-on som var en exakt kopia av Toms egen kuk. Och min högstadieklass låg över sitsarna och blev i tur och ordning slickade av vår studierektor och Mahmoud hade party med S-kvinnor Hässelby som låg utspridda och skrevande framför talmanssitsen och ville att nu skulle det vara deras tur och alla sög och slickade så att jag ville kräkas och plötsligt längtade jag så fruktansvärt mycket efter barnen, men så kom jag på att de inte var här för det här var ju en vuxenfest, men jag kom också på att det var två andra som saknades, och det var inte Niklas och Betty, för Betty gick ner på Kjell-Ove bakom talarstolen, men de som saknades var Niklas och Maja för de hade gått in i ett rum som var låst, där det var mörkt och dit vi aldrig kan se. ■

GRANTA

ALLT JAG VET OM GERTRUDE STEIN

Jeanette Winterson

ÖVERSÄTTNING AV NICLAS NILSSON

År 1907 anlände en kvinna från San Francisco vid namn Alice B. Toklas till Paris. Hon skulle träffa en annan amerikan som redan bodde där. Hon var uppspelt, för hon hade hört mycket om Gertrude Stein.

År 2011 var en kvinna från London vid namn Louise på väg till Paris med Eurostar. Louise var bekymrad. Louise reste ensam eftersom hon försökte förstå något om kärleken.

Louise hade ett förhållande; det kändes som ett skepp, men hennes farkost var en liten båt som hon rodde på egen hand, med en hytt till hennes älskare. Hennes älskares skepp var mycket större och hade besättning och passagerare. Där var det alltid fest. Hennes älskare befann sig mitt i en hektisk värld. Louise var sin egen värld; självtillräcklig, ensam, intensiv. Hon visste inte hur hon skulle försona de motsatserna – om de var motsatser – och situationen komplicerades ytterligare av att det var Louise som ville att de skulle flytta ihop. Hennes älskare sa nej – de hade det bra som det var – och den ensamma Louise och den sällskapliga älskaren kunde inte sitta i samma båt.

Alltså reste Louise ensam till Paris.

Jag är Louise.

Jag tog metron till Cité. Jag gick förbi Notre-Dame och tänkte på puckelryggen Quasimodo som svingade sin missbildade kropp i klockrepen av kärlek till Esmeralda. Quasimodo var dövstum. Amor är blind. Freud kallade kärleken för en »överskattning av objektet«. Men jag skulle svinga mig genom den ringande världen för dig.

Alice Toklas hade ingen tidigare erfarenhet av kärlek.

Hennes mor dog ung – ung för modern och ung för Alice – och Alice spelade piano och skötte hushållet åt sin far och sina bröder. Hon beställde köttet, ansvarade för budgeten, hade uppsikt över köket. Och sedan kom hon till Paris och träffade Gertrude Stein.

Gertrude Steins mor dog också ung – och det kommer man aldrig riktigt över – faktum är att man inte alls kommer över det; man har det med sig som ett öppet sår – men om man har tur är det inte slutet på historien.

Gertrude hade en blygsam men tillräcklig egen inkomst. Hon och hennes bror Leo hade för länge sedan lämnat USA *och bosatt sig i Paris på rue de Fleurus. Gertrude skrev. Leo målade. De köpte modern konst. De köpte Matisse när ingen annan gjorde det och de köpte Picasso när ingen annan gjorde det. Pablo och Gertrude blev nära vänner.*

Men Gertrude var ensam. Gertrude var författare. Gertrude var ensam.

Jag återvänder gång på gång till samma välbekanta tillstånd av ensamhet. Är det sex som får det att hända? Om det inte vore för sex, skulle vi då inte vara nöjda med våra vänner, deras sällskap och förtroenden? Jag älskar mina vänner. Jag är en bra vän. Men med min älskare börjar jag känna mig ensam.

Jag har en vän som kan vara lycklig utan älskare; hon har en affär om hon vill ha en, men hon gör sig inte omaket att älska.

Jag klarar mig väldigt dåligt utan en älskare. Jag trånar, jag suckar, jag sover, jag drömmer, jag dukar bordet för två och stirrar på den tomma stolen. Jag kunde bjuda en vän – ibland gör jag det – men det är inte det som är poängen; poängen är att jag alltid undrar var du är, även när du inte finns.

Ibland har jag affärer. Men trots att jag njuter av sängen blir jag arg på bedrägeriet; närheten utan kostnaden.

Jag vet kostnaden: ju mer jag älskar dig, desto ensammare känner jag mig.

Den 23 maj 1907 träffades Gertrude Stein och Alice B. Toklas.

Gertrude: Fet, sexig, genialisk, stark.

Alice: En liten enhörning, nervös, klipsk, vaksam, beslutsam.

När Gertrude öppnade dörren till ateljén på 27 rue de Fleurus försökte Alice sätta sig men kunde inte, för stolarna var i Stein-storlek och Alice var i Toklas-storlek och hennes fötter nådde inte ner till golvet.

»Världen bara snurrar och snurrar«, sa Gertrude, »men någonstans måste man sitta.«

Jag satt mittemot dig och jag tyckte om ditt tilltufsade utseende; hår i ögonen och kläderna en strategisk röra. Vi var båda överlevande från andra skeppsbrott. Du såg sorgsen ut. Jag ville träffa dig igen.

Ett tag kommunicerade vi per mejl, hänförde varandra med typsnitt och pixlar. Har du … tycker du … skulle du vilja … jag undrar om …

Varje dag skickade miss Toklas ett petit bleu *till miss Stein och stämde träff för att ta en promenad i Luxembourgträdgården eller besöka en boklåda eller titta på konst.*

En dag kom Alice för sent. Gertrude blev väldigt arg. Alice tog sina handskar och skulle gå men när hon gick över gården ropade Gertrude: »Det är inte för sent att ta en promenad.«

Vi promenerade i Hampstead Heath. Två timmar gick vi rakt fram i cirklar. Cirklarna var ditt och mitt begärs två kompassvarv. Överlappningen är platsen för vår kyss.

Steins och Toklas kärleksaffär handlade om sex.

De åkte på semester tillsammans – Italiens drypande hetta och Gertrudes fäbless för att promenera i middagssolen.

De pratade om *Så tuktas en argbigga* – den där pjäsen av Shakespeare – i vilken Petruchio tämjer Kate så att hon börjar älska honom – en märklig pjäs. Inte en affischpjäs för feminismen.

GERTRUDE: En hustru är beroende av sin make – det är vad Shakespeare säger.

ALICE: Men du har aldrig gift dig.

GERTRUDE: Jag skulle vilja ha en hustru.

ALICE: Vad för sorts hustru skulle hon vara?

GERTRUDE: Varm, duglig, klipsk, närvarande. Ja, väldigt närvarande.

ALICE: Jag reser tillbaka till San Francisco om tio dagar.

GERTRUDE: Jag har tyckt om dina dagliga besök på rue de Fleurus …

Och de gick under tystnad uppför sluttningen till solens krön och Alice började ta av sig kläderna – strumporna, den körsbärsröda korsetten. Alice började klä av sig det förflutna. Högst upp på kullen satte de sig och Gertrude tittade inte på henne.

GERTRUDE: När allt är sagt förenas man i en akt.

Det var början på deras kärleksaffär.

Jag träffade min älskare för två år sedan och jag blev kär. Jag föll som en irrande stjärna insugen i Venus omloppsbana. Kärleken hade mig. Kärleken höll mig. Kärleken som handledsrem. Kärleken som en röst långt bortifrån. Jag älskar din röst i telefon.

Under mig på en *quai* står en mager kille och sjunger och spelar gitarr: *All You Need Is Love*. Par som passerar hand i hand kastar åt honom mynt eftersom de vill tro att det är äkta. De vill tro att de är äkta.

Men kärleksfrågan är svårare att lösa än den storförenade teorin.

Om du var Dante skulle du säga att de var ett och samma – »den Kärlek som rör sol och andra stjärnor«.

Men kärleken är illa ute.

Förr skötte kvinnorna kärleken – den var helt vårt område, vad vårt liv handlade om, att ge kärlek att älska att läka kärleken att akta kärleken.

Män behövde att kvinnorna var kärleken så att män kunde göra allt som inte går att göra utan kärlek – men ingen erkände kärlekens hemliga nödvändighet. Förutom i dedikationerna: Till min hustru.

Nu har vi egna pengar och vi får rösta. Vi är karriärkvinnor. (Ordet karriärmän finns inte.) Vi är mer än kärlekens föremål. Mer än kärleken. Vi är oberoende. Jämlika.

Men … Vad hände med kärleken?

Vi var övertygade om att kärleken alltid skulle finnas där, som luften, som vattnet, som sommaren, som solen. Kärleken kunde ta hand om sig själv. Vi märkte inte den stilla omsorgen om kärleken, de små dagliga reparationerna av kärlekens väv. Det trogna gigantiska arbete som gjorde att kärleken kunde förbli lika pålitlig som ljuset.

Kärleken är ett ekosystem som alla andra. Man kan inte tömma den och utvinna dess inre, borra i den och bygga över den och undra vart fåglarna och bina tog vägen.

Kärleken är den plats där vi vill leva. Planeten Kärleken.

När vi träffades var det som gjorde mig mest förvånad och rörd att du alltid svarade i telefon när jag ringde. Du var inte för viktig för att vara tillgänglig. Du är viktig men du insåg att kärleken är viktigare.

Jag började tro dig. Jag började tro på dig. Kärleken har en religiös sida – den är beroende av det osedda och den skapar mirakel av sig själv. Och alltid måste något offras. Jag tycker inte att vi pratar om kärlek i verkliga termer längre. Vi pratar om partnerskap. Vi pratar om romantik. Vi pratar om sex. Vi pratar om skilsmässa. Jag tycker inte att vi över huvud taget pratar om kärlek.

Alice Toklas återvände aldrig till San Francisco. Hon återsåg aldrig sin familj. Gertrudes bror Leo flyttade snart ut från rue de Fleurus och Alice flyttade in. De var tillsammans varje dag under de följande fyrtio åren. Ska jag skriva det igen? *De var tillsammans varje dag under de följande fyrtio åren* ... Och de slutade aldrig ha sex.

Gertrude Stein tyckte om att ge Alice orgasm – hon kallade det att »få en ko att komma ut«. Ingen vet varför – såvida inte Alice muade när hon kom. Gertrude sa: »Jag är världens bästa ko-givare.« Gertrude Stein tyckte också om upprepningar – av verb och ord och orgasmer.

Vi älskar kärlekens vanor. Ditt sätt att sätta upp håret. Ditt sätt att dricka kaffe. Ditt sätt att vända ryggen mot mig på morgnarna så att jag ska flytta mig och vila runt dig. Ditt sätt att öppna dörren när du ser att jag kommer hem. När jag går tittar jag upp mot fönstret och jag vet att du iakttar mig, vakar över mig när jag går.

Och samtidigt behöver kärleken bli ny varje dag. Den friska fuktiga uppstigna känslan av kärlek.

Gertrude Stein sa – *Det finns inget där där* – och avvisade både materialitet och tröst.

Jag är ensam när jag älskar eftersom jag känner uppgiftens ofantlighet – att underhålla och vårda kärleken. Jag känner mig oförmögen, överväldigad. Jag känner att jag bara kan misslyckas. Så jag gömmer mig och klänger på samma gång. Jag behöver dig nära mig, i mitt hem, men jag vill inte att du ska hitta mitt gömställe. Håll om mig. Kom inte för nära.

Jag bestämde mig för att gå till Musée Picasso eftersom Picassos porträtt av Gertrude Stein var utlånat dit av Metropolitan Museum of Art i New York. Det är en berömd målning. Gertrude är massiv på duken, hennes huvud nästan en kabukimask. Det ser inte ut som hon men det kan inte vara någon annan. Picasso behövde nittio sittningar för att måla tavlan och fick inte till huvudet. Gertrude sa: »*Måla över det och måla i det när jag inte är där.*«

Det gjorde Picasso och Gertrude blev väldigt nöjd. Hon hängde målningen över eldstaden, och under andra världskriget tog hon och Alice den med sig ut på landet i fem år, insvept i ett lakan i sin gamla öppna Ford.

Gertrude sa till Picasso: »*Måla det som verkligen finns där. Inte det du ser, utan det som verkligen finns där.*«

Vad får mig att tro att jag ska klara det? Se genom skärmarna som skiljer mig från kärleken och inte bli så rädd för det jag ser att jag bryter upp, bryter eller nöjer mig med en utspädd version?

Jag har gjort alla de sakerna tidigare.

Och när jag inte gör de sakerna intalar jag mig att jag är en självständig kvinna som inte borde begränsas av/till kärleken.

Men kärleken har inga gränser. Kärleken tycks vara ett lika kontinuerligt tillstånd som universum. Men universum är avlägset med undantag för den här planeten som vi kallar vårt hem, och kärleken betyder inget om den inte är verklig och i våra händer.

Ge mig din hand.

Det är en skolklass på museet. De tittar inte på Picasso; de fnissar över en Iphone. Stackars ungar, alla är på Facebook och lägger upp sig själva. De har sex hela tiden eftersom knulla är det nya frigida. Titta på deras Facebook-ansikten, trotsiga, olyckliga. F-orden. Facebook, frigid, fejka det.

Gertrude Stein kallade generationen mellan krigen för »den förlorade generationen«. Vi är den uppgraderande generationen. Skaffa en ny modell; telefon flickvän bil. Gertrude Stein hatade kommatecken. Man förstår varför när bil telefon flickvän är samma sak och utbytbara. Varför ska jag arbeta på kärleken när jag kan ersätta föremålet för kärleken?

Män byter fortfarande in sina kvinnor – det kan feminismen inte göra något åt. Nu byter kvinnor in sig själva – nya bröst, nytt ansikte, ny kropp. Vad ska hända med de här flickorna som fnissar över sina Iphones?

De är den uppladdande generationen. Neofyter i tjänst hos det sociala nätverkets barbariska gud.

Fruktan. F står för fruktan.

Vad har kärleken för utsikter i denna ogästvänliga och trasiga värld? Kärleken är dejtingsidor och kärleksbytes. Kärleken är en ström av kroppsdelar. Men om vi skiljs åt vill jag veta att kärleken fick tillräckligt med tid. Det tar lång tid att vara nära dig.

Gertrude Stein var omöjlig att jäkta, men hon tyckte inte om att tvingas vänta. Hennes tid var hennes egen. Hon hade en stor vit pudel som hette Basket och hon promenerade med sig själv och sin pudel i Paris.

Ibland följde Basket med Gertrude och Alice i bilen och Alice gick i butiker – och hon tyckte om det – och Gertrude satt kvar i bilen – och hon tyckte om det. Hon skrev saker i sin anteckningsbok. Hon skrev varje dag men bara i en halvtimme.

»*Det tar lång tid att skriva i en halvtimme*«, sa Gertrude.

Hon skrev utan att publicera något på trettio år. Och sedan 1934 blev *Alice B. Toklas självbiografi*, skriven på sex veckor, en enorm bästsäljare. Gertrude och Alice gick ombord på SS *Champion* och reste till New York. Alice köpte en pälskappa. Gertrude köpte en leopardskinnsmössa. Deras resdräkter var tillverkade av Pierre Balmain. Han var bara en pojke på den tiden.

När de och deras dräkter anlände till New York City tvittrade telegrafremsan på Times Square:

GERTRUDE STEIN HAR LANDAT I NEW YORK.

»*Som om vi inte visste det …*«, sa Alice.

Journalisterna omringade Algonquin Hotel. Varmkorvs- och pretzelförsäljarna tittade på från andra sidan gatan.

FÖRSÄLJARE 1: Den feta som är skapt som ett rullstensblock, det är Gertrude Stein.

FÖRSÄLJARE 2: Den smala som ser ut att ha mejslats fram med huggjärn …

FÖRSÄLJARE 1: Det är Alice B. Toklas.

Pressens kameror blixtrade som om de var filmstjärnor.

JOURNALIST: Hörni, miss Stein, varför skriver ni inte som ni pratar? (Skratt.)

GERTRUDE: Varför läser ni inte som jag skriver?

Alla skrattar. Gertrude älskar berömmelsen. Berömmelsen älskar Gertrude.

FÖRSÄLJARE 2: Var är makarna?

FÖRSÄLJARE 1: De har inga makar. (Han för en varmkorv genom en pretzel och nickar menande.)

FÖRSÄLJARE 2: (tyst vissling) Det menar du inte? Men är de inte amerikanska töser?

FÖRSÄLJARE 1: Jovisst, men de har bott i Paris.

Att leva med dig vore höjden av romantik. Jag är romantiker och det är mitt försvar mot kärleks-varan. Jag kan inte köpa kärlek men jag vill inte hyra den heller. Jag skulle vilja hitta ett sätt att göra dagarna med dig till våra. Jag skulle vilja komma med min egen väska och packa upp.

Du säger att vi kommer att förstöra, bli frustrerade, få nog, bli fiender. F-orden.

Men det finns ett till: förlåta.

År 1946 blev Gertrude Stein plötsligt intagen på det amerikanska sjukhuset i Neuilly. Hon hade magcancer.

Bara några månader tidigare hade de återvänt till Paris, 1945 – kriget var äntligen över – och hittade Gestapos sigill på lägenheten. Bordssilvret och linnet var borta och tavlorna var nerpackade för att forslas till tyska konstsamlingar – det var så det gick om man var jude.

Alice hade blivit så upprörd, men Gertrude ville få upp Picassos porträtt av henne över eldstaden igen, ville att de skulle sätta sig i fåtöljerna på ömse sidor om brasan och dricka lite te.

»*Lägenheten är här. Du är här. Jag är här*«, sa hon.

På sjukhuset kom läkaren in i salen. De gav bedövningen. Gertrude hade blivit avrådd från ingreppet men hon trodde inte på döden – åtminstone inte i hennes eget fall. Hon trodde inte på livet efter detta heller. Det fanns inget *där där*. Allt fanns *här*. Gertrude Stein var presens.

Hon höll Alice i handen. Hon sa till Alice: *Vad är svaret?* Men Alice grät och skakade bara på huvudet. Gertrude skrattade sitt stora fylliga skratt. »Vad är frågan då?«

Båren med Gertrude rullades i väg. Alice gick bredvid sin älskare som om hon gick bredvid hela sitt liv. Gertrude återvände inte.

Frågan är: Hur älskar vi?

Det är en personlig fråga för alla och envar, laddad, privat, skrämmande, nödvändig. Det är en världsfråga också, arg, vägrande, krävande, svår.

Kärleken är inte sentimental. Kärleken är inte näst bäst.

Kvinnor måste höja handen till kärlekens försvar.

Ta min hand. Detta är det Här vi har. ■

Citatet ur Dante Alighieris *Den gudomliga komedin* är översatt av Invar Björkesson, Natur & Kultur 1983.

Erika Bernalt (f. 1987) debuterar på Norstedts våren 2016 med romanen *Bluebird*, som »Våren« är ett utdrag ur. Hon studerar för närvarande till trädgårdsingenjör vid Sveriges lantbruksuniversitet i Alnarp, och har tidigare arbetat som fritidsledare och läst genusvetenskap vid Södertörns högskola.

Marie Darrieussecq (f. 1969) är född i franska Baskien och bor i dag i Paris. Hon är författare till en lång rad hyllade och omdebatterade romaner och essäer, och finns översatt till ett trettiotal språk. Hennes senaste roman *Man måste älska männen mycket* utkom på svenska våren 2015.

Mark Doty (f. 1953) är poet och memoarförfattare och tilldelades år 2008 amerikanska National Book Award for Poetry. Hans senast utgivna verk är lyrikboken *Deep Lane* från 2015. Han bor i New York.

Christian Ekvall (f. 1978) har översatt bland andra Ernest Hemingway, F. Scott Fitzgerald, Lewis Carroll, Tuli Kupferberg och Gilbert Sorrentino, och arbetar just nu med Alexandra Olivas debutroman *The Last One*. Hösten 2013 albumdebuterade han med gruppen Octopus Ride. Han har tidigare översatt David Treuer i Granta #5.

Kristofer Folkhammars (f. 1983) senaste bok *Magisterlekarna* utkom hösten 2015. Han har tidigare gett ut romanen *Isak & Billy* från 2011 och diktboken *När han kysste mig förlorade jag allt* från 2012. Folkhammar är även verksam som litteraturkritiker.

Eiko (f. 1925) och **Yukiko** (f. 1966) **Duke**, mor och dotter, har översatt japansk litteratur till svenska sedan mitten av nittiotalet. Bland författarna de har översatt märks nobelpristagaren Kenzaburo Oe, Miri Yu, Taiichi Yamada och Haruki Murakami. Eiko Duke är också verksam som teceremonimästare i Urasenketraditionen. Dottern Yukiko har skrivit ett flertal böcker om japansk kultur och arbetar som kulturjournalist. Eiko och Yukiko har tidigare översatt Haruki Murakami i Granta #1.

Johanne Lykke Holm (f. 1987) är poet och översättare baserad i Köpenhamn. Hon har bland annat översatt de danska författarna Josefine Klougart och Yahya Hassan till svenska, men översätter också från engelska, tyska och norska. Vid utdelandet av Årets Översättning 2014 tilldelades hon ett hedersomnämnande för sin översättning av Josefine Klougarts *En av oss sover*. Hon arbetar på en diktsvit med titeln *STREGA* och medverkade i Granta #4 med texten »I mörker ser vi ut som systrar eller bröder«.

Lisa Lindberg (f. 1973) bor i Stockholm och är verksam som förlagsredaktör och översättare från franska. Hon har, förutom Marie Darrieussecq, bland annat översatt Philippe Claudel och Gabrielle Wittkop.

Stefan Lindberg (f. 1971) är författare, dramatiker och översättare. Han debuterade 1999 med novellsamlingen *Tusen nålar* och hans senaste bok, *Du vet väl om att du är värdefull*, kom ut 2014. Lindberg arbetar på en roman om den så kallade 33-åringen, den förste att anhållas för Palmemordet, med utgivning 2016.

Martina Montelius (f. 1975) är dramatiker och författare. Hennes senaste roman *Oscar Levertins vänner* utkom våren 2015 och hennes enmansföreställning »Uncle Marty goes dubstep« hade premiär hösten 2015 på Teater Brunnsgatan Fyra i Stockholm. Martina Montelius skriver kulturartiklar och medverkar i podcasten »Lunch med Montelius« för Expressen Kultur.

Ottessa Moshfegh har publicerat en rad noveller i The Paris Review och fått mycket uppmärksamhet för sin kortroman *McGlue* som gavs ut 2014 och bland annat nominerades till The Believer Book Award. År 2015 utkom romanen *Eileen*.

Sayaka Murata (f. 1979) är en av Japans mest omtalade unga kvinnliga författare. Hon debuterade 2003 med novellen »Junyū« och har tilldelats flera priser för sina noveller och romaner, bland annat debutantpriset Noma för *Gin-iro no uta* och Yukio Mishima-priset för *Shiro-iro no machi no, sono hone no taion no*.

Anna Myllynen (f. 1986) är en Uppsalabaserad lektör och översättare från finska och engelska. Hon översätter både fack- och skönlitterära texter och har tidigare även arbetat med undertexter för film och teve.

Niclas Nilsson (f. 1971) är poet och översättare. Han har publicerat tre diktsamlingar, senast *Mene tekel* (2015), och översatt bland andra Lyn Hejinian, Rosmarie Waldrop, Marilynne Robinson, Philipp Meyer och Anne Sexton. För Grantas räkning har han tidigare översatt Lorrie Moore i #2 och Taiye Selasi i #3.

Anna-Karin Palm (f. 1961) är författare och debuterade 1991. Hon har hittills gett ut tio böcker. Ett utdrag ur den senaste, novellsamlingen *Jaktlycka* från 2014, finns i Granta #3. Från engelska har Palm översatt texter av Deborah Levy, samt Mark Haddon (Granta #3) och Janine di Giovanni (Granta #4), från franska bl. a. romanen *Svarta havet* av Kéthévane Davrichewy.

Karolina Ramqvist (f. 1976) är författare bosatt i Stockholm. Hon debuterade 1997 med essäboken *När svenska pojkar började dansa* och hennes senaste roman *Den vita staden* utkom 2015. Under vintern 2015 sätter Stockholms stadsteater upp en dramatiserad version av Ramqvists roman *Flickvännen*, som bland annat tilldelats tidningen Vi:s litteraturpris.

Linda Spåman (f. 1976) är konstnär, illustratör och författare med en magisterexamen i tillämpad konst vid Högskolan för Design och Konsthantverk. 2011 gavs Spåmans serieroman *Misslyckat självmord i Mölndals bro* ut, och 2015 kom hennes ABC-bok för vuxna: *Från barn till död.* Linda Spåman är bosatt i Göteborg och delvis verksam i Kina.

Isabelle Ståhl (f. 1988) är kritiker och krönikör på Svenska Dagbladet och doktorand i idéhistoria vid Stockholms universitet. Hon är uppvuxen i Ängelholm men bor sedan fem år i Stockholm.

Henriikka Tavi (f. 1978) är poet baserad i Helsingfors. Hennes lyriksamling *Esim. Esa* vann Helsingin Sanomats debutantpris år 2007, och samlingen *Toivo* tilldelades år 2011 både Kalevi Jäntti-priset och Tanssiva karhu-lyrikpriset.

Saskia Vogel (f. 1981) kommer ursprungligen från Los Angeles men bor numera i Berlin, där hon är verksam som skribent och översättare. Hon har publicerats i bland annat The White Review, The Quietus och på granta.com, och översatt texter av Katrine Marçal, Cilla Naumann, Lina Wolff och Rut Hillarp. Hon arbetar på sin debutroman.

Jeanette Winterson (f. 1959) debuterade 1985 med den prisbelönta delvis självbiografiska romanen *Det finns annan frukt än apelsiner*. Sedan dess har hon gett ut en lång rad böcker: skönlitteratur, essäistik, barnböcker och memoarboken *Varför vara lycklig när du kan vara normal?* Våren 2016 utkommer hennes senaste roman *Tidsluckan*, en omskrivning av Shakespeares *En vintersaga*, på svenska.